可憐的小東西

劉思坊——著

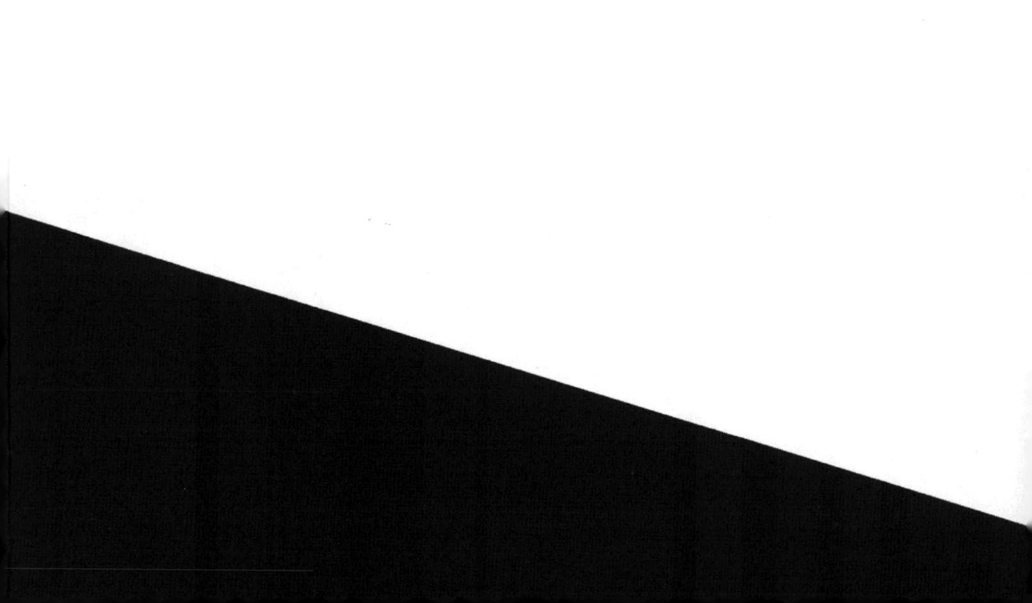

目次

〔推薦序〕

她正在和只有她看得見的鬼抗衡

陳允元

過去一兩年，我在北教大臺文所開設了臺灣文史轉譯與寫作、文學創作專題兩門課。課程走向雖不同，但無論哪一門課，我都一再提醒學生：你們同時擁有研究者與創作者的雙重身分，這是非常珍貴的。學術研究的視角開發、分析批判能力，讓人在創作時更善於尋找問題意識，並得以在文史研究的基礎上，更立體地建構作品的時空脈絡與細節。創作者的創造力，則讓人有能力將學院內抽象、艱澀、論理性的思維，以敘事張力或詩性的方式展演，直抵人心。兩種身分加乘，能讓作品走得更深、更遠、更有滲透力。然而，讀思坊的短篇小說集《可憐的小東西》，我卻驚訝地發現：她是決心自廢武功的人。

思坊是我在政大臺文所的學妹。畢業後，到美國加州大學爾灣分校東亞所深造，長期耕耘空間理論、島嶼知識論與性別研究。她也是一位優秀的寫作者。最初寫的是小說，散文集卻後發先至，七年前出版了《躲貓貓》，磨劍許久，短篇小說集《可憐的小東西》終於面世。作為一位擁有完整學術資歷的寫作者，思坊卻未以學院時興的性別論述、少數族裔、國族認同、華語語系、在地性與全球化等等作為議題，引導評論，迅速累積文化資本。她人在美國，作品主要在臺灣發表，卻不像近年臺灣文壇那樣大量運用鄉土與歷史素材，以呈現性別、族群、語言的多元，或是階級與社會關懷，維持與主流的疏離。小說的非議題化、時空感的模糊化或極簡化，並聚焦於普世的主題：個人存在與自我價值，使得《可憐的小東西》成為一部不太容易被標籤化或類型定義的獨特作品。我想，這是極有意識的自廢武功，也是寫作者極高的自我要求。思坊收拾起學院利器的鋒芒，不靠議題或素材取勝，而是純粹以小說的敘事張力與人情演繹，直球對決。作為小說家就應該要用小說技術決勝負。我猜她會那樣說。這樣氣魄與意志力，就像她在〈四小天鵝〉寫的：「學芭蕾的路上，只有鬼才知道要花多少時間、多少毅力才能培養出肌肉去做那些違反人體工學的動作……即使如此，沒有半個芭蕾舞者的外表是猙獰、沮喪的，她們永遠優雅、清爽、高傲、不屑，這也就是我最終選擇芭蕾的原因，因為它把鬼留給自己。」

思坊小說中的主要角色，雖非階級上的底層人物，卻幾乎都是某種意義上的零餘者，或所謂的「知識浮浪者」。她／他們是中年學舞的女性文化評論人、曾經懷有文學夢卻遭摯友襲奪的家庭主婦、喪妻後第一次出國旅行的小氣公務員，陪伴美籍文學教授度過餘日的臺裔女性軟體工程師、在餐廳打工的旅美博士、失業的美術館約聘行政職員，以及在體制中被磨耗的日裔女性大學助理教授、迷上攝影卻被家族當廢物的年輕男子。這些小說人物長期身處（或嘗試進入）某種框框／體制中，卻遭到折損、扭曲心性，在同儕／後輩高度的競爭比較中變得敏感、尖銳，自尊心極高，卻自我價值低落，底氣全無；或試圖偏離某種被限定的安穩軌道，追求個人自由與生命理想的實現，而不得不以一種異物、雜質、零餘者的姿態存活於世。思坊小說的主要關懷，並非青春的迷茫，而毋寧是進退失據、喪失本心的中年危機。無論小說的空間指涉是故鄉或異地，登場的角色常以彼此為鏡，互相映射。優越感與劣等感在視線的交織／交鋒之中赤裸顯影，互為表裡。她在〈娜娜〉寫道：「如果可以，她真希望這一生都不需要和人證明什麼，就可以一直這樣照著自己的步伐過下去」。這大概是這部小說中所有零餘者們的共同心聲吧，無論在圈內或是圈外。

在這部令人激賞的小說集裡，我特別喜歡的幾篇是〈可憐的小東西〉、〈Have a Nice Trip〉以及〈倫敦霧〉。〈可憐的小東西〉的主角，是一位從藝術家的夢想中敗陣下來，成為大學美術館約聘行政職員的臺裔中年女性。她在某特定時間穿越山林中的球形迷霧，車內廣播便會出現異狀：音樂乍然停止，並突然傳來原始森林裡生物棲息的環境聲音。之後，她就會在公路盡頭，看見被路殺的各種動物，包括一隻掛著老舊項圈的家犬。她出於憐憫，致電請人來處理動物屍體，卻讓她意識到自己的偽善與殘忍：她也只是讓自己心裡好過而已，並不真的在乎動物的死活。就像學生時期同學們對待被黏在板上的壁虎、以及當年她為了赴美逐夢，便將狗狗丟給家人一走了之一樣。浮沉於體制的她是可憐的，卻毋寧也是可恨的。這種一體兩面的可憐與可恨，正是這部小說中多數零餘者的心魔與寫照，也無怪思坊以「可憐的小東西」作為統攝全書的書名。小說中，精密計算的人工造鎮I城容不下的錯誤和廢物，都被深藏在這幽暗的森林裡，似乎也象徵此部小說意在挖掘那些被掩埋的、被視而不見的、失敗的、被犧牲的、不能浮出檯面的心情與生存樣態。

擁有冷峻之眼的思坊，卻也寫下了〈Have a Nice Trip〉及〈倫敦霧〉這樣溫暖的小說。前者以幽默荒謬、笑中帶淚的方式，講述一毛不拔的公務員老姜在妻意外過世後，惡補英文，獨自飛往美國旅行，用破英文搭訕一名神似茱莉亞．羅勃茲（也神似年輕時的妻）、獨自旅行的法國女性，追憶亡妻、彌補無法在妻生前帶她出國旅遊的遺憾。〈倫敦霧〉則是跨國老少戀的故事。一般人總遮遮掩掩，怕人發現老的痕跡，「法蘭卻老得如此名正言順，老得讓丁香甚至忘了他的老」。老能夠有尊嚴嗎？還值得享受愛情嗎？這是思坊的提問。

如同芭蕾之鍛鍊，在小說創作的路上，真的只有鬼才知道要花多少時間、多少毅力才能培養那樣的視野與筆力，寫下一篇又一篇的傑作。寫作的路程苦樂相伴，甚至苦多於樂，但當寫作者決心以文字為業，便不再享有一絲同情自己的餘地。思坊把鬼留給自己，終於交出《可憐的小東西》這樣一部精采深刻的作品。

謹以此文祝福思坊，以及她的第一本短篇小說集。

（本文作者為作家、國立臺北教育大學臺灣文化研究所助理教授）

四小天鵝

我看了一眼手錶，教室裡牆上的鐘晚了五分鐘。

不管是依照錶上還是鐘上的時間，金吉安都遲到了三十分鐘以上。我早就有預感這種事情會發生。

我在教室的木地板上來回走動。仲夏的熱氣讓我變成了溼抹布，走到哪汗水就滴到哪。腳底板因汗水而開始黏膩起來，每走一步就發出了松鼠尖叫般的聲音。這讓我更加焦慮了，但我無法停止走動。先是繞著方形教室走，接著不知不覺開始繞圈。

茉莉對著我嘆了一口氣：「妳就別走來走去了吧。我頭都暈了。」

從這間舞蹈教室成立以來，我和茉莉就一直是這間舞蹈教室的芭蕾學生，從最基礎的第一堂課開始學起，連續學了五年。雖然進步緩慢，但卻持續穩定成長，即使無法和專業舞者相比，但在業餘舞者當中，也算是技術扎實的中等程度者。

但金吉安不同，她是這幾個月才來舞蹈教室報到的。一來就直接上最進階的課程。

從小學舞的她，當然跟我們這些老骨頭不一樣。光是一個簡單的跳躍動作，她就能跳得比誰都高。在至高的頂點，她強而有力地將雙腿倏地刷開，就像突然撕破黑夜屏幕的一道閃電，在觀眾心中產生了強烈的視覺暫留，久久不散。

但金吉安總是遲到。早晨的芭蕾課，大家搭配著緩慢的鋼琴伴奏，做著基礎的下蹲 plié 延展四肢，教室宛如被曙光滲透的森林，彌漫著肅穆整齊的氣氛，此時，披頭散髮的金吉安卻突然開門，未等到音樂結束，她便擠到把杆的最前端。原本排得好好的隊伍，因為她的插入，便像條蠕動著脊椎的蟒蛇，一節一節地往後退去。

沒人會說什麼，因為沒有人比金吉安更有資格站在最前頭的位置。聽完了老師的指令，站在最前頭的人，就得完整地展示出來整套動作，無人可以參考。於是，不能記得整段舞蹈的人，是不敢站在那裡的。金吉安自然知道這點。

結束把杆練習後，老師示範了慢板的組合動作。大家還在互相確認細節時，金吉安已經不耐煩了：「我們現在可以跟著音樂跳了嗎？」

當其他的人是空氣，這就是金吉安。

聽見茉莉詢問金吉安是否想參加我們的隊伍時，我驚訝地在心中怒吼：「茉莉，妳是哪根神經有問題啊？」沒錯，我們還缺一隻天鵝，但茉莉竟問了一個我最不想合作的人。

「吉安，妳不用現在做決定。妳的能力比我們好太多了，我想妳應該會想要和更厲害的舞者合作，像是……」我嘗試亡羊補牢。

「我想我可以加入妳們。」金吉安不帶猶豫地回答。

今天是我們的第一次小組練習，她就遲到了三十分鐘。不，已經四十分鐘了。

悶熱的午後，空氣裡充滿著一種甜而澀的鐵鏽味——這是雷陣雨來臨前的徵兆。數不清的飛蟻朝向天花板正中央的日光燈湧去。被燒壞的屍體散落在地板上，但那些微小、輕薄的翅膀卻在空中飄浮著，經過窗前灑進的那道陽光時，便像水晶般地閃鑠著。茉莉站起來，再跟我說了一遍：「拜託，妳就坐下吧。我得去把燈關掉，太多蟲子了。」

「別別別……，妳坐著。」反正我是無法靜靜地坐下的。「我去關燈。」

我走到教室的前門，摸索著大燈開關。冷不防地看見金吉安就在停車場裡。

她在一臺螢光綠的怪異跑車裡，車裡還有一個男人。他們親吻，擁抱，停了幾秒，又再次親吻與擁抱，直到金吉安看見了站在車門旁的我。

「怎麼了嗎?曼蒂。」她打開車門,轉身向後座撈起她的運動包。

「妳到了啊。我們都在等妳。」我十分勉強地微笑著。

「是嗎?」

她下了車,和那個看起來像她爸爸,甚至爺爺年紀的人,輕輕地揮了揮手。

我試著把我的眼神移開,盡量不看金吉安。而她則假裝什麼事都沒發生一樣,撐起好大的笑容和茉莉打招呼。

我走到窗邊綁硬鞋,讓涼風緩和我臉上僵硬的線條,但心臟卻無法控制地越跳越大聲。窗外一道閃電劈下,天空瞬間陰沉,幾秒後雷聲轟然而至,地板傳來微微的震動,大樹的枝椏因颳起的風而左右掃動。

金吉安和茉莉同時轉頭往我的方向看來。我往鏡子看去,閃電將我的臉渲染成紫藍色,搖曳的樹影則在我的眼角畫上了密密麻麻的印子。

「妳知道現在幾點了嗎?」我的聲音低沉而陌生。

「有差嗎?今天下午不是沒人使用教室?」金吉安一邊綁硬鞋一邊說,但故意迴避了我的眼神。

「現在練也還來得及，反正下雨了，我們哪兒也去不了。」茉莉突然站了起來，用她的大嗓音對著我們喊，再對著金吉安諂媚地笑：「沒事，沒事！」

茉莉接著在我耳邊呢喃：「別跟小女生計較。妳剛剛的臉看起來很恐怖。」

「是嗎？哪裡恐怖？」

「像正要變身的天鵝。」

白天鵝其實不會突然變身為黑天鵝的。聽說天鵝優雅溫和，恪守一夫一妻制，忠貞純潔，至死不渝。芭蕾舞劇中的白天鵝，因為心愛的王子中了惡魔的圈套，將黑天鵝誤認為她，傷心到氣絕身亡。

我和茉莉相約看了彼得．馬丁斯編導、由紐約市立芭蕾舞團表演的《天鵝湖》。馬丁斯的第四幕十分特別。其他版本的《天鵝湖》，白天鵝縱身一躍，王子隨後跟著投湖，留下無戲可唱、獨自凋零的惡魔。但馬丁斯的不一樣，最後一幕的白天鵝和其他小天鵝排成了菱形，面對著觀眾，雙腳卻踏著bourrée小碎步往右後方的舞臺退去。燈光是從舞臺後往前打出去的，所有舞者的表情都埋進黑影裡，但屹立在背光中的身體卻被描上了金色輪廓，像是邊緣掐著金絲的聖誕樹裝飾，精緻卻薄弱。這些天鵝像被黑洞的力量吸附住，集體往後退，直到完全被黑暗吞食。女主角白天鵝也不例外，她目視著王子，踏著碎步的雙腳卻被那股黑暗力量往後拉，最後只能把手腕在胸前優雅地交叉，作為告別行禮。

「我就不會這樣。」表演一散場，茉莉馬上就拉著我去著名的拉麵館。

她爽快地拉開木筷子，像是用力扳開芭比娃娃的腳：「要我，就把王子踢下湖。」

「然後拿走他所有的錢。」咬下黃瓜時的清脆響聲襯出了她的堅決。

「這我相信。」

「外遇就是外遇，連黑的都能錯看成白的，這還不是藉口？」茉莉說。

這幾年茉莉也遭遇了不少事。丈夫外遇被她發現以後，她沉住氣地搜集證據，離婚時拿到了些錢。但茉莉確實也變了不少。有人說是她受到了打擊，所以自暴自棄，整個人胖了一圈，原本就矮小的茉莉，更像顆貼著地面滾動的小肉球了。但我倒覺得那是幸福胖，沒有婚姻的茉莉變得自由了，要做什麼就做什麼，要吃什麼就吃什麼。

「妳呢？妳會怎麼做？」她問我。

「我根本連天鵝都不是，充其量是隻醜小鴨。」
「哈，對啊，沒想到月兒居然要我們表演天鵝。」
「而且還是四『小』天鵝，也不想想我們都幾歲了。」
「應該叫四老天鵝。」
這話未必完全對，我和茉莉都中年了，是名符其實的「老天鵝」。但金吉安不過大學剛畢業，月兒目測也未超過三十歲。

月兒是這一年才加入舞蹈教室的新老師。她的態度異常隨和，有著和芭蕾舞者的高傲氣焰完全相反的謙卑個性。即使低調，在舞蹈教學上，她的表現仍然出眾耀眼，一看就知道是大師出手，境界不凡。她所編排的舞蹈組合，總能毫無縫隙地將五六個複雜的動作連結起來。舞者一開始動作，就宛若投身於溪流中，隨著水勢順暢地直奔而下。即便技巧不怎麼好的學生，也能在這行雲流水的律動之中感受到音樂對身體的挑逗，燃起想與音樂合為一體的欲望。

若像金吉安等級的舞者，跳起月兒的舞，肯定就更過癮了。她先踢出個直達頭頂高度的腿部延伸動作，兩個愉悅的轉身華爾滋，然後單腳後彎把身體延展成如同錦鯉跳出水面的弧度，對著四面八方的觀眾展示完美的attitude動作。接著，她來了幾套快速的小跳躍組合，隨著情緒越來越強烈的音樂，從站得極穩的第四位置猛地向上彈升，這趟力讓她順時針快轉了四圈。沒想到，在接觸到地面準備降落的時候，一換個手勢，又出乎意料地逆轉了三圈。結束前，突然又來個滑行跪地，左手插腰，右掌高舉成一朵盛開的花缽形狀，在眾目睽睽中停格。

眾人驚歎，連我也不得不鼓掌稱好。

「很好！」月兒跟著拍手，她繼續微笑著說：「但不要那麼衝，要把音樂聽進去。」

金吉安的動作標準踏實，但卻總是略快於音樂節奏，不夠從容。到我的時候，以單腳踢到胸前高度的動作為開場，之後便順著音樂，一路朝著終點滑行而去，倒也平安抵達。

「很不錯啊。」月兒不忘給予點糾正，「但妳必須在最短的時間內找到平衡，才有辦法增加旋轉的平穩度。」

「老師，那我呢？」茱莉不忘討點注意。

「妳喔！妳完美。」月兒知道茱莉最想聽什麼。

全班大笑，茱莉樂不可支。

月兒的舞蹈課總是氣氛和諧，學生在享受舞蹈的同時還能得到適當的糾正。這對我來說就是再適合不過的課程了。在這個年紀學跳舞，我不需要太過尖銳的批評。老了，面子拉不下來。但我也不是那種只求快樂運動的人，我渴求磨練與進步。月兒適切地找到成人舞蹈教育的平衡點——她讓我在肢體上受盡折磨，但在情緒上卻舒適甘願。

在我的職業生活裡，這種平衡卻是我怎麼求都求不來的。我總是一不小心，就傷到別人的自尊，即使是善意的話，到我嘴裡，也都成為了傷人的毒箭。這就是文化評論人的職業病，不管寫出再怎樣委婉的評論，到最後都還是會得罪人。上個月的文章一刊出，有十幾年交情的導演朋友打電話來：「林曼蒂，我送妳票，請妳看首映，不是給妳在那邊揶揄消費的。」他越說越難聽：「妳這種人，就是害國片蕭條的禍根。」

「難道只能寫好的？你禁不起實話？」

「實話就是你們所謂的評論人，不過就是藝術世界的禿鷹。吃著別人的屍體而活，自己卻什麼能力都沒有。」

「所以你認為自己的作品不過是腐爛的屍體？」

同事勸我：「林曼蒂啊，這種事要圓滑點，寫好話，各取所需。」

但同事錯了，一個要聽謊話，一個要寫真話，要的不一樣怎麼各取所需？

「那妳就繼續得罪人吧。哪個週末約約看朋友，看有幾個人想跟妳出去吃飯？」

同事又錯了，我怎麼會怕沒朋友？

小時候我有個夢幻的著色本。裡面的女孩不僅有著完美比例的精緻五官，更重要的是，每一頁的女孩都有不同的造型：有的走古典宮廷風，身穿蓬蓬蛋糕裙、泡芙袖，頭髮像電話線般有著規律螺旋狀。我小心翼翼地選擇了淡藍色當主色，《清秀佳人》裡黛安娜的藍，華麗的衣物若選擇粉色就太俗氣了；有的則走現代運動風，女孩穿著合身的保羅衫，配著百褶網球裙。她綁著兩個高馬尾，繫著絲帶，俏皮中不失高雅。我決定保持純白色，只將絲帶塗成貴族黑。

後來，著色本玩不夠了，我便央求善於裝扮的母親照著畫中的女孩幫我綁頭髮。練習了幾次，她竟然也能完成大部分的髮型：從頭頂往下攀爬的兩條蜈蚣辮，如彩虹般由左腦跨到右腦的公主辮，頂在頭上的蓬鬆丸子頭等。我們再去日本進口小店買了絲做的、有光澤感的純色緞帶；也買了如蝶翼般半透明的彩紋緞帶，圖案隨性像是浮油上映出的五彩寶光。就算只是簡單的馬尾，只要繫上它，就彷彿把整個天空的彩霞都鑲在腦後。

就是從這個時候開始，我慢慢失去了朋友。

這個過程總是以非常幽微的方式進行著，一定得等到一段時間後，才忽然發現自己已經被擠出了圈圈之外。吃午飯的時候，身邊變得安靜多了。帶著餐盒走向平常會群聚在一起的團體時，本來說說笑笑的女孩們竟同時眼神游移，不敢直視，空氣變得安靜凝重。其中一個女孩快速地把書包移到我準備坐下的空椅，其他人便忽然大笑起來。

然後，一個叫黃婉婷的女孩，率先開始動手。先是假裝不小心扯下了彩霞般的緞帶，笑嘻嘻地道歉。這也不算什麼，我能輕易地把緞帶綁回去，也能紮出大小適中的蝴蝶結。

等到要拍重要的團體合照的那天，她又突然靠近我，趁我不注意時抽掉我頭上的橡皮筋。本來盤在頭頂，緊緻的細長蜈蚣忽然就洩了氣，一節節地快速頹傾，我的頭皮肌肉因而忽然鬆弛，產生像觸電般的酥麻感。「拍照要公平啊，憑什麼只有妳有辮子？」她一邊往前奔跑，一邊回頭對著我大叫。

她跑得太快，我來不及提醒她，她放生的是一條毒蜈蚣。

此後的日子我放著功課不做，學會自己編辮子的本事。雙手抬在空中，手指往後腦循序摸索，一開始得花十幾分鐘，手臂發抖發麻，但我還是堅持著，直到連指尖都完全失去知覺為止。後來我不需花兩分鐘就能編成整齊的辮子。不管是橫向的，還是縱走的，都在掌握之中。

沒人再喜歡扯我的辮子。不管怎麼毀壞，我都能快速復原，像沒發生過一樣。親眼目睹過我的修復工程的一些女孩開始欽佩了：「那妳也給我綁一條嘛。」

「可以啊，我還有緞帶呢，想要什麼顏色？」

每堂下課，我的座位旁擠滿了人，她們有的拿貼紙來換，有的拿果汁牛奶來換，有的幫我寫討厭的數學作業。我忽然又有了滿山滿谷的朋友。

黃婉婷也來了，我讓她坐在面前，先幫她的頭髮噴上了兌了蘋果香的水霧，用梳子尖端在頭皮上畫出了中分位置，再緊貼著頭皮一撮撮地抓起髮絲往下紮起。黃婉婷髮量充分，有微微的自然捲，所以蜈蚣的線條極好，像是長了肌肉般豐厚綿長。我幫她配了櫻桃紅的緞帶，她看著鏡子裡的自己，竟靦腆地笑了出來。

就在她沉迷在自己的美貌時，我拿起了剪刀，剖斷了她的一條蜈蚣，紅色絲帶像是噴發的血漿般散了下來。

圍觀的女孩尖叫四起，集體衝出教室。

從那一刻起，我又沒有了朋友。

但說真的，誰在乎呢？

醜小鴨因其與眾不同的長相，被其他的鴨子恥笑欺負，但變成天鵝後就好點了嗎？古典芭蕾《天鵝湖》裡的天鵝十分合群，舉手投足都具有一致性的優雅。她們為主角白天鵝的幸福而歡欣齊舞，也為白天鵝的斷腸而同感悲慟。但馬修·伯恩版的《天鵝湖》重新詮釋了天鵝的另一面：牠們地域性強，排他性高，對於外來者毫不留情地攻擊。這群天鵝殘暴而嗜血，全由男舞者擔當，全裸的上身爬滿了堅實的肌肉線條，舞步皆是充滿陽剛特質的跳躍。陰柔的男主角一靠近，這些天鵝便拉長了頸子，嘴裡發出呲呲的吼叫，脖子一扭朝他啄去。喜怒無常，弱肉強食，這才是天鵝本性。想要在天鵝的世界裡存活，只能比誰都驕傲，比誰都強硬。

舞蹈教室每年都會舉辦正式盛大的成果展，我從未參加過。想著要和一群不熟的人共同抽出時間來練習，像親密的朋友般相處幾過月，就覺得痛苦不自在。不過，今年的成人芭蕾表演和往年不同，將由月兒編舞，而她自己也會下場跳。此外，她選擇了難度頗高的〈四小天鵝〉的變奏，嚇跑了不少程度不夠的學生，但卻嚇不倒茉莉。她第一個報名加入，且日夜慫恿我。

「妳這輩子都還沒穿過tutu吧，這舞非穿不可。」

「我不敢。大腿肉還掛在那兒沒減掉，穿短紗裙能看嗎？」

「喂！妳這樣是在笑話我嗎？」茉莉確實比我圓潤許多。

從前茉莉和我不算是特別親近，上課時會聊天，但下了課後就沒有交集。這個年紀的人大多有自己的家庭要顧，有班要上。

大概從茉莉發現丈夫外遇開始，她就與我親近了。下課後問我要不要出去喝茶，週末也常找我出去。我問她：「妳是沒朋友嗎？怎麼會找上我？」

「我朋友可多了。是妳沒朋友，所以跟妳說祕密，妳也沒地方去說。」

這就是我理想中的成熟友誼了。把需求與條件都說在前頭，聽她說一次話，她請我吃一次飯。彼此間沒有忠誠相待的義務，也不須玩小圈圈間的排擠遊戲，更不須要小心翼翼、彼此揣測心意的費力經營，或害怕無心說的一句不中聽的話，就會敲碎這水晶般脆弱的同性友情。只可惜，即使是這樣的友情也是有重量的，最終我還是答應當了天鵝。

天鵝隊伍就此形成：月兒是領頭鵝，接下來是高傲的金吉安，最後兩隻老天鵝是努力划水，盡量不讓整組隊伍沉到湖底的茉莉和我。

我們每週和月兒上私課一次，上完課後，我們三個學生再約時間做團體練習。其他的時間大家各自回家把動作記好，才能在合體的時候有效率地練習。茉莉的記性差，又不用功，每次出現時都像白紙一張，整段舞彷彿沒學過一樣。

「妳到底有沒有照著影片練習啊？」

「有啊，但螢幕那麼小看不清楚動作啊，只好算了。」

「那就是沒有練習啊。」我嘆口氣，明明是她把大家拖下水的，卻最不用功。

「那妳現在教我啊。」

「這時間是用來做團體練習的，現在要變成個人練習了嗎？」我抱怨著，但似乎也沒辦法，有一個人跟不上，就會牽制其他人，害我們無法準確地做動作。

「好吧，反正妳這樣也沒辦法跟我們合體。」

金吉安自然是不耐煩了，她坐到一邊玩起手機。但眼神還是常常掃到我們的練習上。

「不對，這裡是passé，不是coupé，腳得抬高一點。」看了一陣子的金吉安，忍不住對著我們說。

金吉安是對的。這段音樂飛快，要在極短的時間內完成一系列快速變化的動作。時間不夠的我，根本無法在那麼短的時間把右腳尖滑到左腳的膝蓋側，達到正確passé要求的定點，再順著小腿滑下來。再怎麼努力，最多只能達到小腿肚的一半高度，所以也只能這樣教給茉莉了。我的教學終於讓金吉安受不了了。她拋下手機，走回了隊伍。一個一個動作重新示範給我們看。

「我無法在那麼快速的節奏下做完整個passé。」我說。

「妳若沒練習的話，當然沒辦法。妳要把重心集中在一腳，膝蓋撐緊，全身的力氣集中，像拉拉鍊那樣快速集中到核心的位置。來，妳再做一次。」

我集中精力做了一次，也只能把腳尖點到小腿中間，身體就失去平衡了。

「看吧，來不及。也許我們應該把它改為coupé就好。」

「怎麼可以？妳們若改成其他半調子的動作，上臺時會特別明顯，到時候一定會後悔的。更何況，這裡若不是passé，就不是〈四小天鵝〉的舞。」

「我們已經很老，不小了。」

「天，藉口真多。」金吉安翻了個白眼繼續說：「不想受苦的話，一開始就不應該選芭蕾練習啊。」

這個小屁孩居然敢跟我說道理！從小學舞的人似乎容易把什麼都當成理所當然，任何人都可理所當然地劈腿，把腳舉到頭上。我光是把腳放上把杆，讓身體前彎碰到腳趾，就折磨了好幾年才辦到。前幾年由拉丁舞改編成健身有氧風格的zumba課程大受歡迎，同事裡有好幾個都很熱中。我去了幾次，健身功效是很好沒錯，但重複的簡易步子卻不能讓我感到成長。我也去了幾次現代舞，配合呼吸收放身軀、探索自己。但越摸索，我就越傾向於體諒，毫無忌憚地讓身體為所欲為，只願做本來就喜歡做的動作。之後我才遇見痛苦的芭蕾，學芭蕾的路上，只有鬼才知道要花多少時間、多少毅力才能培養出肌肉去做那些違反人體工學的動作。腿若抬高多一公分，就可能是好幾個月痛苦的訓練。即使如此，沒有半個芭蕾舞者的外表是猙獰、沮喪的，她們永遠優雅、清爽、高傲、不屑，這也就是我最終選擇芭蕾的原因，因為它把鬼留給自己。

金吉安隨便一席話，就否認了我所經歷的鬼日子，我當然不服。

之後的那陣子因此也成為了人生中轟轟烈烈的鬼日子，對我和鄰居來說都是。我每日在客廳不斷反覆小天鵝的舞步，直到鄰居受不了。

再見面的時候，我的腳尖已經可以快速延伸到 passé 的正確位置。金吉安看了一眼：「是吧，還是 passé 好看吧！」

是這樣沒錯，但我沒答腔，不想就此順了金吉安的意。

現在只剩下茉莉還做不到準確的步子，但她是就算天塌下來，也會按著自己速度做事的人。

「別擔心，上臺前我就可以做到了。現在急什麼？」

「妳最好現在開始苦練。」

「唉，明天，明天就開始練。現在妳看看我，流汗流成這副德性。」她指了指胸前那兩塊因為汗水而溼濘的印子。

「連乳頭都練到哭泣了。」茉莉口無遮攔地說。

唉，茉莉果然就是茉莉，我和金吉安忍不住大笑起來，放了她一條生路。

除了團體練習以外，與月兒學習的課程也如火如荼地進行著。那日上完了月兒的夜間課，回家的路上發現自己把舞鞋丟在教室，只好繞了個圈，再把車開回去。夜深了，舞蹈教室外的停車場裡已空無一車，旁邊的雜木林傳來了一陣陣貓頭鷹的聲音，幸好教室的燈還亮著，我小跑步地推了門進去。

布拉姆斯的四重奏輕盈地浮在空氣中，這是上課時偶爾被拿來當配樂的曲子，頗有古典宮廷的舞會氣氛。但在安靜的夜裡突然聽見這首古老的曲子，我感到十分不安，彷彿中世紀宮廷裡那些燙著螺旋捲頭髮的公主會突然現身，把頭殼像燈泡一樣轉下，朝著我微笑。

幸好，教室裡沒有中世紀的人，只有月兒在跳舞。室內樂優雅節制，月兒隨著音樂踏出細碎的步子，用腳尖快速地點出裝飾動作。這原本是上課時練習過的組合，但月兒卻突然改變了跳法：她的雙手擺出芭蕾裡不可能出現的動作，不協調的反折手臂、十隻手指在空氣中快速流動，像是在撥弄什麼看不到的塵埃。她的眼神直盯著遠方，彷彿那裡存有致命的威脅，所以她必須用猙獰的動作來阻擋。比起中世紀的宮廷女鬼，現在的月兒更加詭異，她正在和只有她看得見的鬼抗衡。原來，她也把鬼留給自己，而且似乎還是個厲鬼。

在一個反身跳躍中，月兒瞥見了站在角落幽幽看著她的我，發出一聲激烈的慘叫。

「天啊，曼蒂，妳要嚇死我嗎？」

「抱歉，我只是要回來拿鞋子，結果被妳的舞吸引住了。妳跳的和上課教的很不同啊。」

「哎啊，我沒意料到這個時間還會有人回來，不然就不會在這裡獻醜了。」

跳舞被窺視的月兒顯得不自在，似乎怕我問多了，趕緊把話題拉到我身上，她稱讚我的進步，並說：「這次的組合很好，妳和金吉安一起才能激起不同的火花。」

「能有什麼呢？不就是互相討厭罷了。」

「那是現在，未來妳們會感謝彼此。只有互相討厭的人，才會幫對方看見自己看不見的缺點，像是在抓彼此的鬼一樣。」

「妳呢？妳曾和不喜歡的人合作跳舞過嗎？」

「當然。舞者沒有權利選擇舞伴，舞團怎麼決定就怎麼跳。但這其實也有好處。當我們只對自己身體熟悉，只在乎自己喜好時，就會限制了舞蹈的發展。」她繼續說：「我在舞團裡最後跳的舞便是Philips Jenkins的雙人舞作品。」

「是《當年》嗎？」

「就是《當年》。」

我驚呼了一聲。《當年》是Philips Jenkins最經典，也最困難的作品。編舞家老年緬懷亡妻，思念年輕時與妻子共舞的美好，便創作此舞來紀念之。整支舞以蕭邦的圓舞曲和夜曲作為配樂。快速的圓舞曲表達了年輕時兩小無猜、無限纏綿的愛意，舞者肢體綿密結合，連髮絲都揉合交纏。到了慢板的夜曲，舞者在舞臺兩端，各自獨舞，讓記憶和幻影交織，彼此呼應。這作品不僅考驗舞者各自純熟的技巧，也考驗了搭檔之間是否能傳達熱烈到幾乎瘋狂的愛意。能把這舞跳好的搭檔在現實中幾乎都是夫妻。

「但妳知道嗎？與我搭擋的舞者，竟是我已經分手多年的前任男友。在舞團裡沒有人知道我們交往過，那是各自進入這舞團之前的事。當我們在舞團遇見彼此的時候，兩人都不想承認認識對方。除了練舞的時間，我們幾乎是不說話的。」

「這絕對不行，與前男友一起跳這支舞。」我光聽就渾身不自在。

「是的，《當年》要的是愛，但我們之間只有恨。未解決的埋怨和恨意在練習時全然爆發了出來。比如說吧，當我pirouette的時候，他本只需要輕輕扶著我的腰間，順著我的力量讓我自然旋轉就好。但他的指尖卻越施越大力，完全掐入我的肉裡。他越是用力，我越想要擺脫，因而用了更大的力量旋轉。我回家以後，腰間便有了長滿水泡的灼熱感，痠疼了好幾天。」

「這樣跳舞不是很痛苦嗎？」

「是的，但我們都知道這支舞對彼此的生涯很重要。如果毀掉對方，也等於毀掉自己。所以我們逼迫著自己去愛對方的身體。」

「這種事是能逼迫的嗎？」

「舞者也是演員，要把舞跳好，需要心境與畫面。對我們來說，最重要的是記憶的重置與刪除。把剛認識對方的記憶提出來，之後的一切刪除，就姑且想辦法這樣跳著。」

「我無法想像。」

「那時我是佩服自己的，居然可以演到那樣的地步。在最後彩排前，我們的《當年》在技巧上達到了相當高的水平，只是我們兩人之間仍隔著那一道冰牆。再怎樣練習，技術再怎樣進步，這冰牆都不會消融掉的。」

說著說著，月兒突然拉起了褲管，小腿前側巨大蚯蚓般的疤痕突然暴露出來，這讓我倒抽了一口氣。

「彩排前的某個晚上，我在練習結束後匆匆地離開教室。回家時，車上的廣播剛好放到德弗札克的《新世界交響曲》。在我的記憶中，那是他最喜歡的曲子，其中充滿民族主義的激昂片段，往往讓他激起強烈的奮鬥情感。那時他正在和另一個舞者爭主角的位置，兩人在團裡有著各自的黨羽。而《新世界》扮演了一種催化劑，這場與同僚的鬥爭因而成為了不可不贏的使命。從那個時候開始，我看著他的心魔逐漸壯大：抹黑、陷害、拉攏，樣樣都來。我是個懦弱的人，決定從這段感情中抽身。怎麼說呢，大概是害怕哪天他也會用這樣的方式對付我。」

教室裡安靜無聲，月兒繼續說：「我在紅燈時聽到了《新世界》的第四樂章，也就是鐺鐺鐺〜鐺鐺鐺那一段，妳應該聽過……」

月兒果然是舞者，唱歌完全不行。我不太知道她在唱什麼，但在這情況下也只能說：「對，我聽過，妳繼續說。」

「那幾個音在各種變奏下被重複了無數次，強調的都是同一件事。有些人也許認為這激昂的情緒是在催促建立同仇敵愾的同盟關係。但那個晚上，我聽見的卻是溫柔的合作。不同的樂器和不同的身體，用各自的聲音說同一個故事。當下，我突然覺得我們的《當年》還有救，只要把對舞蹈的愛提升到無限大的位置，用以掩蓋其他複雜情緒，呈現出來的就是無雜質的，乾淨的愛。我迫不及待想回到舞蹈教室，看看他是否還在裡面。然後，就在我迴轉的時候，一輛闖紅燈的貨車撞上了我。腿斷了，我的想法也沒機會實現了。這段原本可以修復的關係，也徹底消失了。」

「我的天。」

「人生給了我太大的震撼。所以要珍惜妳的舞伴，珍惜妳現在還能愉快跳舞的時光。」

「沒事的，茱莉和金吉安都是肥壯天鵝。」我說。

「沒事的。」月兒覆述。

〈四小天鵝〉是《天鵝湖》裡特別受到觀眾期待的一段娛樂性舞蹈。四個身材極類似的舞者，雙手交叉緊握住對方，成為了同進退的共同體。雙手雖然被箝制了，但整段舞卻以快速變化的腳步與頭部的擺動來進行。此舞考驗團體裡的每個人是否能專心致志，同心同德，其中一人跳錯了，整條同心鍊就會跟著毀滅。

到彩排之前，我們的〈四小天鵝〉還是問題重重。我們身材大小不一，環肥燕瘦都有。此外，茱莉無法跟上速度，我也時好時壞，有時雙腳就像冷凍庫裡拿出的豬腳，遲鈍又僵硬。原本應該是在湖上戲水的俏皮天鵝，在我們的表演下，變成了荒腔走板的水上救援行動——月兒和金吉安是天鵝急救隊，拖著兩隻要送醫的天鵝。

「唉呀，這該怎麼辦呢？」茉莉難得哭喪著臉說：「我這樣會不會拖累大家啊？」

當然會。不過茉莉的存在非常重要，讓我至少不會墊底。這就是朋友的意義。

「我們也可以稍微簡化一下動作的，不用擔心。」月兒想了想，將華麗的裝飾拿掉後，就有足夠的拍子把基本動作做得扎實。

「不過這樣就不是〈四小天鵝〉了。」金吉安稍微抱怨，但語氣並沒有之前強烈。

我趕緊表態：「月兒妳剛剛的版本我們應該做得來，就照妳說的吧。」順手拉起坐在地上一臉垂頭喪氣的茉莉。兩人成虎，三人成鵝。

「算了。」金吉安讓步：「不過不要把 passé 改掉，其他隨便你們。」

萬般妥協後，月兒版的四小天鵝暫時成形。

試妝的那天，茉莉帶來了一箱新買的彩妝品。她不懂哪個牌子適合舞臺妝，所以豪闊的她乾脆全買了。舞蹈教室瞬間變成了畫室，地上堆滿了一盤盤顏料般的繽紛眼影盒。沒有女人不愛這些晶亮耀眼的顏色，我忍不住坐在正中央，像是蜜蜂般享受被鮮豔花瓣包圍的快感。

迪奧的新色盤是樹上的粉嫩櫻花，香奈兒的走金屬光澤路線，如暮靄般充滿渲染力。嬌蘭的高冷細膩，是雪山下滿開的銀蘭花。

善於舞臺裝的金吉安忍不住，對茉莉說：「讓我試試好嗎？」

「沒問題啊，買來就是要試的。」

「那妳跟我來！」金吉安指著我。

「我？」

「對啊，不然呢？」

我們坐在鏡子前，金吉安用濃厚的眼線將我的眼尾拉長，接著，毫不猶豫地在我的眼褶上畫出了非比尋常的誇張線條。看她這樣粗魯地出手，我就知道她意圖不軌，大約是要讓我出糗。我張大眼瞪著她。

「妳少安毋躁！」她將深沉的煙霧紫塗在這兩條黑線之間，接著用清淡的藕色補了眼頭和眼窩。接著她拿了支乾淨的筆刷，在兩種深淺不同的顏色間輕輕撫過，這兩層顏色便神奇地締結在一起。

我閉著眼，金吉安就坐在我正前面，我感受到她的呼吸，聞得見她身上依蘭花香水的氣味。刷毛輕輕柔柔接觸皮膚，像是施了什麼魔法般，我的眼皮因而變得沉重、貪眠，而不想再張開了。

「好好看啊，從沒看過曼蒂這麼美。」茉莉的大嗓門喚醒了我。

我張開眼，鏡子裡的女人有著巨大的雙眼。延伸的眼線彷彿將眼眶往四面八方拉開，是張狂放肆的女王。然而，天使的七彩羽翼卻溫柔地落在眼眸，使女王流露出嫵媚的神韻。

「是吧，好看吧！」金吉安說。

是這樣沒錯，即使我不想就此順了金吉安的意，還是忍不住露出了滿足的笑意。

午後的暖風把晶亮的陽光一片片地吹進教室，但我們三人都不願意把視線離開鏡子，專注地凝視著新設計好的舞臺妝。

「老天鵝即將變身。」茉莉笑著說。

「好吧，那妳們坐好，讓我來為妳們編頭髮。」

是誰在敲門

叩叩。

她一邊敲門，一邊努力把嘴角上揚到最高點，臉頰的肉不自覺往上堆成兩團球。她笑起來臉總是特別臃腫，早上對鏡練習時就已經發現，但不這樣做的話，她實在不知道怎麼開始。

「是誰在敲門？」

她聽見萊斯太太的腳步聲逐漸接近大門，隨著每個步伐，嬰兒哭鬧的聲音也逐漸宏亮起來。

「莉珊。」

「哪個莉珊？」

「馬莉珊。」

馬莉珊想起了小學時同學喜歡玩的英語雙關遊戲。當他們問起：「是誰在敲門？」並且睜大著眼睛等著她回答時，她總想不到什麼好笑的答案。羞澀的她縮起了肩膀，努力擠出像知更鳥放屁般細小的音量，老實地回答：「莉珊，我叫馬莉珊，我來自臺灣。」

感到失望的孩子們集體離開：「天，她真的什麼都不懂。」遠走後，孩子們突然升起的笑聲像煙花般一簇又一簇地在空中爆破著。

馬莉珊慶幸這次萊斯太太不是在和她玩那愚蠢的遊戲，但這也是她現在唯一感到慶幸的事。

「好可愛的小男生！」萊斯太太手上的嬰兒到底是她第四還是第五個孩子？馬莉珊完全記不清了，但她還是發出比平常更高的聲音讚歎。對莉珊而言，嬰兒的長相跟鳳梨沒有什麼差別，更無所謂可愛不可愛。

「是女生，她叫喬安。」萊斯太太糾正她。

「抱歉，萊斯太太。」

「叫我雪倫吧。妳都長這麼大了。」

幾年沒來，莉珊已不記得這房子的狹隘。高大的莉珊得稍微彎頭才能進入大門，堆滿雜物的玄關已沒有她的立足空間，只能像螃蟹般側身行走才能勉強通過。環顧四周，沙發上躺著個半裸的熟睡男子，敞開的兩腳間露出了藍色格子內褲。咖啡桌上散放著沾有橘色肉醬的盤子、倒下的空酒杯、在桌面上烙印出焦黑疤痕的菸屁股。整間屋裡瀰漫著沉悶的酸味，如同忘了晾乾的潮溼臭抹布。馬莉珊為了掩飾她的驚訝，不由得把頭偏向另一邊。

這和她記憶中的印象大相逕庭。以前的雪倫家雖不富麗堂皇，卻仍優雅乾淨。桌上的任何家電器具，都小心翼翼地墊著雪倫親繡的蕾絲花布。繡布邊緣點綴著水晶鑽和金流蘇。莉珊走過時，喜歡用指尖撥動垂墜的金色流蘇，就像錦鯉游過被陽光滿照的池水，用尖銳的鰭在平穩的水面劃上一道波紋，總要晃蕩一陣子才恢復平靜。

從前，雪倫家裡唯一雜亂的地方就是餐桌了，她從不在這桌上擺食物，反把它當作辦公桌，在上頭堆滿了裝有香水和化妝品的紙盒。整間房子散發著粉嫩的花香——這是成熟女人的味道，也是馬莉珊的母親身上曾經有過的味道。現在的餐桌上散落著奶瓶、海豚圖案的小兜巾，和蓋子不知消失到何處的奶粉罐。雪倫一邊找消失了的奶粉蓋，一邊單刀直入地問馬莉珊：

「妳覺得我能幫妳什麼？」

母親的意外發生後，莉珊還沒和人說過話。她好不容易才能出門，走到隔壁的雪倫家。她清清乾渴的喉嚨，直接表明來意。

「請幫我賣掉我母親囤的貨吧。」

雪倫嘆了一口氣說：「這件事我聽說了，我沒想到妳母親居然這麼做，但我真的沒辦法。」她搖搖頭繼續表示：「囤貨是大忌，妳母親不可能不知道。就算因此得了高額獎金，最終還是個賠本生意啊。難道這幾年，她就是靠這種方式快速晉升的嗎？」

「真的沒有什麼辦法了嗎？當初不是妳引她入行的嗎？」莉珊想到被紙箱塞滿的家，她就感到胸口一陣緊縮，眼眶不禁變得又溼又熱。

「哎，孩子，先靜下心來吧。」雪倫為她倒了杯茶：「這裡的日子可是又長又慢，妳總會想到什麼辦法解決問題的。」

莉珊離開雪倫家時，就知道自己不會再回來了。雪倫態度明確，這件事她一點都不想管，莉珊對此並不意外。當母親成為公司的明星銷售員以後，雪倫對母親的態度就越趨冷淡。南方的日子的確又長又慢，只是莉珊彷彿再也感受不到這裡的悠閒了。

到底該如何衡量時間的長短呢？又如何感受時間的快慢？當一個人感到痛苦，經歷的時間往往拖得既沉重又綿長；若歡樂幸福，時間則乘著超速快車，一下子就到終點。如此一來，難道人們的情緒感受決定了時間的長短快慢？對於那些無法把情緒具體化，喜樂悲傷就像泥流緩緩在底層潛伏、從來不湧現出來的人，時間對他們而言是否永遠中立呢？馬莉珊從加州北部的學校突然回到P鎮以後，便常常想著這些問題。

P鎮位於加州的南部，經過了九〇年代末期的一場災變後，發展就完全停滯了。十字路口的雜貨店和加油站既孤寂又懶散地佇立著，即使哪天突然消失了，似乎也沒有人會發現。這些荒涼的商店是愛德華．霍普畫中常出現的場景，也許是因為被畫家畫過後，魂魄也附著到畫布上了，因此，這些商店從此凍結在過去，再也沒有興趣隨著時間改變。就像是還掛在藤蔓上的一朵枯萎喇叭花，早就失去生命的光采，只是在等一陣大風來，將它收捲了去。

強生是這家雜貨店的老闆兼收銀員，在陽光過曝的日子裡，他懶洋洋地坐在櫃檯後方打盹，直到馬莉珊踏進店裡，吸引了他的注意。

強生撐起他沉重的眼皮大聲說：「嘿！我們的小女孩回來了。」

馬莉珊夾了個因加熱過久而萎縮乾燥的熱狗，又裝了杯思樂冰，還沒被分解成冰沙的大冰塊，哐啷一聲掉入紙杯，把杯內的汽水濺到了地板。她把食物擺上櫃檯說：

「為什麼這些東西還是那麼像垃圾？」

「難道妳大學賣的食物比較好嗎？妳不想念我們的垃圾嗎？」

「當然不會。」

強生垃圾話說完，便清了清喉嚨，用了異常溫和的口氣詢問：

「妳母親的事，妳打算怎麼辦？有什麼我可以幫忙的？」

「謝謝你，強生。目前我還不知道。」

「雯姐是一個很棒的人，妳知道的。」

「我想沒有人會否認。」

當馬莉珊拿回零錢時，她看見強生禿頭的面積已經從正上方延伸到前額，或者相反，從前額禿到了後方。哪裡先禿不重要，畢竟現在也只剩下兩撮頭髮懸掛著，整齊地橫跨了前額，遠看就像吉他上兩條獨立而分開的絃，惹人想撥弄。莉珊不經意地想起美國國歌的其中一句歌詞：「證明在黑夜之後，我們的旗幟仍然堅挺站立著。」她希望強生的最後幾根頭髮，在她下次見到時還能堅挺站立著。

這下馬莉珊感受到了時間的流逝。轉眼間，她從不諳世事的小孩成為得設法解決其他大人留下的爛攤子的大人；強生也變得又禿又老；而她那個被眾人認為完美的母親，也已經不存在於這世上了。覺得時間過得太快的人，是因為曾有過燦爛美好的日子，而不忍其消逝嗎？莉珊想起每年盛夏母親特地從華盛頓州買來的黑色櫻桃，咬下去時甜酸感在唇齒間溢開，激起了想囤積更多甜膩感受的欲望。只是，甜味還沒積到讓人滿足的程度，秋天便悄悄來臨，季節裡最後一顆櫻桃也終於在嘴裡完整消失。那種讓人心癢癢的、對時間的恨意，便開始像溼疹一樣四處蔓延，且無藥可醫。愛到深處而愛不在時，往往就只能生恨了。只是，莉珊完全沒想到，自己有一天竟會對敬愛的母親產生埋怨的情緒，即使只有一點點，她也覺得罪惡萬分。

P鎮曾是個繁盛美麗的海濱度假小鎮。莉珊與母親抵達P鎮的第一天，兩人身上都還背負著長途旅行與時差所帶來的疲憊感，在計程車上昏昏欲睡。到達暫居的旅館之前，計程車經過了被陽光照得發亮的海岸線。公路旁是延伸到山脈轉角處的白色小沙灘，如同一彎又一彎剛出生的新月，在大海的擁抱輕撫中，沉沉睡去。母親把莉珊叫醒：「妳看！是不是很美？」

莉珊勉強張開矇矓睡眼。模糊之中，只見眼前充斥著不同深淺的藍與灰白色塊，顏色平和協調。一陣挾帶著沙子的海風，吹上她的臉頰，刺痲感頓生。海鳥在遠處發出了如小丑般詼諧誇張的笑聲。

「到哪兒了？」莉珊問。她知道這裡是異國，與她所熟悉的那個充滿車輛廢氣和繽紛霓虹燈光的城市截然不同。

「應該快到家了。」母親說。

她們其實花了兩個多星期才找到理想的家。與臺北狹隘陰暗的三十坪公寓不同，這棟兩層樓高的房子宛如童話故事中的小屋，有著淺藍色外牆，三角形屋頂，和裝著木條四方窗的閣樓。前院鋪有柔軟草皮，後院種植滿滿的柑橘和酪梨樹，吸引了翠綠色蜂鳥前來嬉鬧。此房的價格只要原本臺北老公寓的一半，卻比臺北的家更像個完整且理想的家。

從臺灣搬到美國是父母親兩人共同的決定。九〇年代中，中共飛彈蠢蠢欲動，瞄準隔著一道海峽的臺灣。被人用槍抵著太陽穴的日子不好過，有錢人早就跑光光。像莉珊他們這種稱不上富裕卻仍然豐衣足食的家庭，也開始盤算著到異國重新展開不受威脅的生活。在得知賣掉臺北的公寓也只夠在東京買個十二塊榻榻米大小的房間，又聽見親戚搬到紐西蘭卻只能當計程車司機以後，他們決定來美國闖闖。

只是，他們的美國夢做得不徹底，一家三口當中只有兩個人到了美國。父親怕在美國找不到工作，便跟著幾個朋友到中國去開工廠，每月再把錢寄到美國來給母親與莉珊過生活。父親對這個決定甚為自豪：「明知山有虎，偏向虎山行。你說，人人都知道要逃開飛彈瞄準的地方，但卻沒想到，飛彈所在之處，不才是最安全的地方嗎？」

在P鎮獨自帶著女兒的母親必須入境隨俗，便給自己取了個英文名——雯妲。正因為她中文名裡頭有個與她個性十分相符的「文」字。雯妲斯文優雅，對語文更有天分，在社區大學裡把英文學得又快又好。她的聲音溫柔而有朝氣，像是春天的知更鳥般細而高，有抑揚頓挫的優美聲線。只要她開始說話，身邊的人都會不知不覺地停下手邊的工作，聽她慢慢把一個字一個字吐出來，彷彿吐出的是什麼稀奇珍貴的寶石。

對很少看見亞洲人的P鎮居民來說，他們最熟悉的亞洲印象是珍珠港事件、廣島長崎和日本藝伎。因此，任何東亞人在他們的眼中，都成了日本人。雯姐有著細膩如白色百合花的皮膚，一雙新月彎成的內雙眼眸，和一經陽光曝晒就泛起牡丹粉的雙頰，就更被認為是日本人中的日本人。這裡的人每日生活在溫暖的陽光裡，多半悠閒舒緩，對於歷史國家沒有任何興趣，更不糾結於過去的戰爭衝突。他們只是好奇：這個日本女人是為什麼來了這裡？她又要做什麼呢？

住在這海邊小鎮的人，早就慵懶成性，多穿著寬鬆不講究的棉麻衣物。至於年輕一點的，則跟上小甜甜布蘭妮帶起的校園辣妹風，喜愛馬卡龍粉系配色的細肩帶與格子短裙。但雯姐完全不一樣，她的原生家庭在臺北大稻埕經營衣料行，每一件衣物都是照著六〇年代歐美雜誌裡模特兒穿的時裝做出的優雅衣著：及膝的淺灰格子裙裝、海軍領的藍白條紋洋裝、米色香奈兒式格菱紋套裝。她宛若是從復古畫冊裡走出來的人物，身處的環境與時間無法左右她的審美。每當鄰居太太們好奇地盯著她瞧，雯姐就主動開啟話題，內容免不了在她所擅長的衣著時裝上打轉。隔幾天，雯姐拿著幾條臺北買的日本進口絲巾，分送給她們。「那個可愛、有禮貌的日本女人啊……」一人口不多的小鎮紛紛傳著，「是不是有個長得不怎麼樣的女兒啊？」

滿臉雀斑的莉珊遺傳到父親的長相，眼角下垂鼻梁坍塌，姿態與長相都沒有母親的風采。而她的過度害羞、唯唯諾諾，做什麼事情都猶豫不決的態度，讓她更加不討喜。

「妳要什麼？」面對著蠟黃皮膚、一副怯懦模樣的莉珊，咖啡店的店員連「請」字都懶得說了。

莉珊還在緩緩認字，努力組織腦中的文法和句子，等到正準備要出聲的時候，店員已經打算略過莉珊，呼叫下一位客人：「等妳想好再來排隊吧。」

雯姐遠遠看見莉珊又默默走到隊伍的最後，不禁前來關心：「發生什麼事了？」她用那輕巧亮麗的知更鳥聲音說起英文，每個字都清楚地迴蕩在隊伍裡。

「沒什麼，我還在考慮要點什麼。」莉珊怕惹事，低聲用中文快速回答。

雯姐對著莉珊搖搖頭，也用中文小聲說：「看好了，妳那不是解決事情的方法。」

她走到了隊伍的最前方。先撐起很大的微笑，再輕輕地揮揮手引起店員注意：「小姐，不好意思打擾您工作。是不是有什麼誤會？為什麼我的女兒必須重新排隊呢？」

整排隊伍的人都看著雯姐。她穿著黑色針織衫，灰色百褶長裙，和一雙范倫鐵諾的米色高跟鞋，這嚴謹低調的衣著中似乎藏著絕不退讓的氣勢。她將墨鏡拿下微笑著說：

「我們才剛搬到這裡，如果有不懂的地方，請各位包涵。」

「她是妳的女兒？不像啊。」店員挑釁地說。

雯姐被店員的答話震了一下，她似乎從來沒想過這個問題，露出疑惑的臉。穿著顏色不搭的運動衣褲、戴著塑膠眼鏡、從嘴裡爆出矯正鋼牙的莉珊則聽出了言外之意，滿臉倏地變得通紅。

眼看狀況變得尷尬，原本排在莉珊後頭的老先生出了聲：「我不趕時間，還是請妳讓這對母女先點吧。」

「謝謝你，先生，你今天要點什麼，都算在我的帳單裡吧。」雯姐大方地回饋。

接著，她溫柔地摸摸莉珊的頭髮：「沒事，沒事，有媽媽在。」

雯姐也曾送給雜貨店強生一整套全新的Nike運動服、運動鞋。當雯姐知道雜貨店裡的強生不僅熱心助人、而且還曾經受過拳擊訓練，便帶著莉珊前來拜訪。那日，雯姐細細地和強生交代：「莉珊在學校容易受到欺負，她放學經過這裡的時候，你能幫忙看一下有沒有人找她麻煩嗎？」

強生頓生保護之情，他正苦惱在這個無趣、溫和的小鎮裡，根本沒有練拳的對象。若有什麼小混混能讓他收拾一下，想必也很有趣。他便恭恭敬敬地用雙手收下了禮物：「那有什麼問題？誰敢欺負她，我讓他好看。」說完把一手拳頭打進另一手的掌心裡，巨響在寂寥無人的店裡泛起了回音。

「很好，很好。」雯姐滿意地笑。

之後每天，莉珊下課後就到強生的店裡閒晃，坐在窗前吃加熱到皮皺的熱狗，配上冰塊與可樂交混得不均勻的思樂冰沙。搬來這裡後，無論莉珊今天是什麼心情，P鎮永遠風和日麗。這有時讓鬱鬱寡歡的莉珊因此變得開朗，有時卻因為風景美麗到沒有壞心情的藉口，反而讓她變得憂鬱起來。一旦如此，任何人都會笑她奢侈，白費了這美景盛世。

莉珊喜歡靜靜地看著窗外，看著遠處的太平洋盡頭與天空接合成一條細線。如果能掀起那條線，海水會從加州這頭漏掉，還是往臺灣那一頭漏掉？她幻想海水倒灌進城市裡，人們奔跑逃亡，沒有人能倖免。她內心竟有點興奮起來。

「奇怪，從來也沒半個小孩追著妳跑啊。到底有沒有人欺負妳啊？」強生忽然對著看海發呆的莉珊說。

「哎啊，你不懂啦。」

母親雯姐總是把眼前的路鋪得那麼服貼。若路上有障礙，她踩著高跟鞋，用鞋跟往地底使勁扭個幾下，那些突起物就會識相地縮回去。母親為她清除了那些看得見的、不平穩的阻力，莉珊自然要心存感恩、日子當然要過得很知足才是。這點莉珊明白得很。

「我還真希望能有這種完美的母親。」強生說。

誰不希望呢？莉珊從來不需要迷戀偶像，雯姐就是她的偶像。但偶像的存在就是讓人理解自己的不堪：對母親來說靠本能就輕鬆解決的事，對莉珊來說卻覺得彆扭極了。更何況，會發生在莉珊身上的事，也從來不會發生在雯姐身上。

只在臺灣上過長頸鹿英文兩三年，能唱幾首英文兒歌的莉珊，來到美國後只能用單字和其他同學說話。同學之間流行的笑話雖然都聽不懂，可是當自己成為笑柄時卻十分明白。恥笑一個人不需要語言，只要一點表情，一些笑聲，該懂的人就會徹底懂了。

莉珊曾認真地模擬母親的作法。她把整盒凱蒂貓日本高級簽字筆當作籌碼，在心裡發誓：誰好好跟她說話，就給他一支。

而這筆發了半年，居然連一支都發不出去。

「有時候，我希望她不要那麼完美。」莉珊小聲地說，希望強生沒聽見。

那一年，父親在中國的工廠生意變得極好，忙得一整年都沒來美國探望她們母女。聖誕節時，父親匯了一大筆錢來，說要讓母親換一臺好車、給莉珊買最新的任天堂遊戲機。遊戲機買了，但汽車沒換。父親打電話來時，總是不找雯姐只找莉珊。

「妳媽車子換了沒？」

「沒有。」

「為什麼沒有？」

「我不知道，原本的車好好的，為什麼要換呢？」

「換更好的。妳一定會喜歡。」

「你要跟媽媽說話嗎？」

「不用。我再打來。」

但不論什麼時候打來，父親都不再跟母親說上話。母親也只是冷冷地用氣音問莉珊：「是妳爸嗎？」莉珊點頭，母親便站起來走到廚房，翻冰箱時窸窸窣窣的塑膠袋聲音，蓋過了莉珊與父親說話的聲音。

「妳為什麼不跟爸說話？」莉珊問。母親剁豬肉，規律地敲擊木砧板。

「妳為什麼不用爸爸的錢買新車？」莉珊又問。母親洗青菜，把包心菜剝開，一片片分別在水龍頭底下沖十秒。

「妳和爸爸吵架了嗎？」

莉珊還在等答案，母親索性關了水龍頭。她將溼淋淋的雙手在圍裙上抹了兩趟，再抬起頭看著莉珊說：「妳為什麼，問題這麼多？」

莉珊想起這幾個月來，母親房裡常傳來啜泣聲。莉珊站在門外不敢敲門，直到房裡不再有聲音，她才回房去寫功課。只是，隔日的母親依然溫柔、開朗而美麗，這曾讓莉珊懷疑母親每晚的啜泣都是她自己幻想出來的。現在，聽到一向溫柔的母親這樣問話，莉珊一時語塞，鼻子忽然酸楚起來，彷彿她的關心都只是一廂情願的情感，對母親來說根本就不需要。

但這些都無所謂，更讓莉珊感到嚴寒的是母親的眼神。第一次，莉珊在母親的眼睛裡，看不見自己。母親尖銳而冷淡的視線彷彿是一支快速的飛箭，直接略過了莉珊的身體，狠狠地插在她身後窗外那片綠油油的草地上。這讓莉珊寒透了心，彷彿連她的存在，也不再重要了。

窗外是P鎮難得的冬季細雨，煙霧朦朧，遠處的海浪都消失在白煙裡。在霧氣裡，對街鄰居的聖誕燈光裝飾豪華奢侈，簡直把家屋搞成了燈塔，雷射光線配合著不斷重複的電子耶誕歌忽閃忽滅。此時，莉珊與母親都努力避開彼此的眼神，任那有點走調的音樂如甲蟲般鑽入兩人的耳道，慢慢占據她們的心思。

莉珊原本還在擔憂母親和父親之間緊張的關係，但P鎮發生的大事卻馬上轉移了她的注意力。已經入春了，大批的遊客準備來到這裡的美麗海灘遊玩，熬過淡季的度假村也即將重新開放。誰知P鎮近海竟毫無預警地發生了油管破裂的意外。一日清晨，整片藍色的海上突然浮現一大片黑油，遠看就像海中間被挖了個觸目驚心的黑洞，所有的海水彷彿都傾倒進這黑洞裡。近處的岩灘上都染上了一層焦油，石頭上躺滿了雙腳蹬直的海鳥，全身發黑，面目模糊。而原本象牙白的美麗海灘，也像肺結核病患的床單，到處留下了咳血般一團團的黑沙。

整個星期，P鎮的居民都在沙灘上搶救、清理。莉珊下了課就跟著強生在海灘走動，把凝結成黑泥塊的沙鏟進垃圾袋裡。一天結束後，隔天再來，海水又把汙油推向沙灘，斑斑點點的黑泥塊變得更多了。莉珊只好又捲起袖子，重新開始鏟黑泥，足足清了快兩個星期，才稍微有進展。強生逢人就誇讚他任勞任怨的新助手，眾人看著莉珊沾有油漬的花貓臉，也不禁對她改了觀，喜歡起這個不在乎形象的小女孩來。

只是，從雯姐的角度看來，在太陽下勞動太久的莉珊似乎變得更粗陋了。莉珊整張臉被太陽晒得蛻皮，到處都是黑一塊、粉一塊的痕跡；四肢的皮膚也粗糙龜裂，像個經歷風霜的老頭，一點也不少女。趁著等紅燈，雯姐嘗試用手指理起莉珊被風吹到爆炸的頭髮時，竟忽然喃喃自語地說：「難怪當時那個店員會說：妳的女兒不像妳啊。」

「妳還是不要和強生混得太近，都變成野人了。」雯姐告戒莉珊。

莉珊不說話，她緩緩轉動痠痛的手腳，這幾天下來，身體自然是疲乏了，但心裡卻有股強勁的力量正在醞釀著。她緩緩地把車窗打開，讓海風吹上臉頰，感受到自由滿溢在空氣中。但風一吹進車裡，雯姐立刻按了在駕駛座旁的車窗按鈕，幾乎像膝反射一樣地快速，絲毫沒有考慮到開窗的人也有她的意識，莉珊旁的窗子便又無情地升了上來。莉珊撇過頭，心裡好不容易輕輕揚起的暢快感，終在母親不經意的動作裡被捻熄。但她更在意的是母親喃喃自語的那句話，倒不用她提醒，莉珊也知道自己徹頭徹尾地不像她。

莉珊違背了母親，她還是日日出現在強生店裡。她仔細觀察過，在學校裡只要是運動代表隊的孩子，都幾乎不會遇到什麼麻煩事。就像穿了一層強大的保護衣，人們對你好奇，卻不會來招惹你，更不敢取笑你。莉珊知道自己只需要這個恰到好處的距離，就可以在這個新環境裡無障礙地活下去。為此，莉珊央求運動神經發達的強生教她打籃球。強生便在店前架了一個籃球框，一邊顧著生意，一邊與莉珊練習投籃、運球、上籃。莉珊辛勤地練球，每日都練到夕陽沉進大海才肯罷休。天空中殘留的微弱光線籠罩在她膨脹飽滿的肌肉上，散發出油油亮亮的光澤，莉珊不禁用力咬了一口。她的肌肉已強韌到無論她如何撕扯，都不會晃動，就像咬在扎實的石頭上。莉珊要求強生也咬一口。「不要，噁心。」強生說。也是，莉珊的嘴裡都是鹹汗味。

等到正式加入籃球隊的那天，莉珊本想興奮地告訴母親，但走到家門口，莉珊便決定矢口不提。畢竟，這件事只能證明她與母親始終是不同的，且兩人的差異已經大到會讓母親徹底失望的地步了。

沒有遊客的P鎮頓失了主要經濟來源，幾間大型度假村首當其衝，散的散，倒的倒。立在岸邊的水泥大旅店，像個汪洋中漂流的巨大廢棄垃圾，孤獨地眺望著每日的夕陽。一個個突出的扇形陽臺上，曾經都點綴著半裸身子、在躺椅上喝蘇打水的度假房客，但現在早已空無一人。而這些地中海風格的流線建築都已頹敗，鋼筋外露，遠看就像座灰化的珊瑚礁。莉珊走在沙灘上的時候，總會不經意地回頭望去。她覺得也許有人還困在時間裡，忘情地穿著花襯衫，獨自站在陽臺上。

那些把P鎮當成度假勝地的有錢人也搬走了，拿過雯姐日本絲巾的富太太們也消失無蹤。賣不出去的向海豪宅慢慢頹傾、衰敗，被亂生的雜草埋沒。還留在小鎮裡的人失去整理家園的興致，到處堆著不合節氣的舊物，比如新鮮松柏製成的聖誕花圈，早已在盛夏的海風裡晒成一摸就碎的乾屍，深秋時竟還歪斜地掛在門上。

一向優雅能幹的雯姐，有時似乎也跟P鎮裡的許多景物一樣，變得鬆垮垮的。彷彿只要一陣強風吹來，雯姐就會隨著乾碎的花草，被吹進太平洋裡。

那時，父親和母親已經決定要分道揚鑣了，父親在中國已經有了新的家庭。但只要母親不說詳情，莉珊也盡量撐住不問。只是，冰箱裡不再擺放有機農場新鮮遞送的蔬果，堆疊的反倒是亞洲超市折扣品。母親再也不去沙龍做指甲，不去按摩保養、從此也不添新衫。櫥櫃裡的高級包包皮鞋都賣到二手市場，換來的一疊鈔票，卻也在幾個月內花完。母親有時仍焦慮地打越洋電話給父親，電話一接通就揮揮手要莉珊上樓，不准偷聽她說話。但怎麼可能聽不到呢？只要談到錢，父親和母親從來不會有好話可說，兩人都免不了對著彼此咆哮。莉珊趕緊將隨身聽的耳機戴上，那是父親送她的最後一個聖誕禮物：超薄型的索尼薰衣草紫CD隨身聽。莉珊估計著：如果把這賣給同學，她能拿多少錢回家？

天剛亮的早晨，莉珊發現母親不在臥室，反而睡在客廳的沙發上。她的臉頰爬滿乾掉的淚漬，未掛上的電話嘟嘟地響著。莉珊把電話放回，再躡手躡腳地走到廚房裡自己倒牛奶與玉米片吃。

母親躺在沙發上細瘦的側影，跟著呼吸均勻地起伏。晨光終於把她的母親封存成了熟睡的、長不大的小嬰兒。莉珊有時，也想輕輕哄抱這個小嬰兒。

那日一放學，莉珊就衝進強生店裡，嚴肅地告訴強生：「請僱用我當店員吧。我們家需要錢。」

強生感到怪異，一向出手闊氣的家庭，怎會需要雜貨店打工的微薄薪資。

「怎麼了嗎？來，妳跟我說。」

「我跟你說，你肯定去跟別人說。」莉珊不願讓這小鎮裡的人知道任何母親的事。

「那我去問妳媽。」

「算了，當我沒說過這件事。你跟誰都不能說，尤其是我媽。」

莉珊的確不該信任強生，當天晚上強生就西裝筆挺地出現在莉珊家門口。傍晚的母親已經又恢復了正常，穿上了粉杏色的無袖過膝洋裝，她剛吹好的頭髮蓬鬆如波浪，散著淡淡的薔薇香。母親那時已經炒好了一盤沙茶牛肉與蒜炒空心菜，正打算來做甜甜的杏仁豆腐。強生被留下來吃晚飯，莉珊也在座。她看著強生癡癡地看著母親，有時竟然還害羞地低頭微笑，莉珊簡直噁心到吃不下飯。

「需要幫忙的話，我我我一直都在。」強生低頭結巴地說。

「沒有人需要幫忙。」莉珊低沉地說。

「怎麼這樣說話。」雯姐轉頭對著強生微笑：「這些年謝謝你照顧我們家莉珊。接下來我若忙起來，可能會顧不到莉珊，請你繼續幫我多多看著她，她個性憨，容易被欺負。」

「她是我的小夥伴，沒問題。」

「沒有人是你的小夥伴。」莉珊對著強生說。

「而且，沒人欺負我。」莉珊對著母親說，但雯姐好像沒聽進去，只顧幫強生添新茶。

母親是真的忙起來了。在化妝品公司上班的鄰居雪倫觀察了母親這麼久，終於找到機會讓母親加入她所屬的直銷企業。母親常常泡在雪倫家一整天，認識公司唇膏的色號、香水味道與成分。她盯著公司給的目錄畫冊，進行配對練習。像雪倫這樣淡金髮，皮膚細白無血色的女人，適合的是偏橘紅的色調：花蜜橘、珊瑚紅。若帶點紅髮的，則適合暗色的古銅金。「那像我這樣的亞洲女人呢？」雯姐發問，因為她找不到目錄上有任何長得跟她相似的女人畫像。

經驗豐富的雪倫，一時也不知道如何回答。她仔細端詳雯姐的臉，想了想後說：「妳不會遇到這樣的問題，這裡幾乎沒有長得像妳的人。」

雯姐回家自己研究，將玫瑰紅、海棠粉、石榴紫的唇膏試了又試。她不斷轉頭問莉珊：「妳說，剛剛的顏色跟這個有什麼不同？哪個好看？」

「不是都一樣嗎？」

「哎，果然是籃球隊的，問妳都白問。」雯姐翻了個白眼，又問：「那妳認為，媽媽能成功地把這些東西賣給老外嗎？」

「誰會比妳更適合賣這些東西呢？」莉珊發自內心地說。

隔日早晨，母親穿上了深藍色的套裝，盤了個貼在後腦勺下方的包頭，紫紅色的絲巾在脖子間蛻化成一個小蝴蝶結，整個人看起來就像個訓練有素的空服員。她的目標是住在對門、也曾經收過母親絲巾的康迪特太太。

叩叩叩。

「是誰在敲門？」

「雯姐。對面的雯姐。」

大門被敞開了，是個好兆頭。雯姐準備進入戰場。她知道莉珊偷偷在窗前觀看，便把右手塞到背後，將大拇指立起。莉珊為她開心，在窗裡也豎起大拇指，即使她知道母親看不到。

就這樣，雯姐賣出了第一支叫「粉紅啦啦隊」的唇膏。

之後，她每天開三、四個小時的車到陌生的城鎮，挨家挨戶地敲門兜售。當雯姐終於將她們的淺藍色小屋從法拍市場上解救回來時，她抱著莉珊又哭又笑。

「這真的是我們永遠的家了，媽媽保下來了。」雯姐說。

「只是，妳怎麼比媽媽高這麼多了？」雯姐想摸摸莉珊的頭，卻再也摸不到。

雯姐發生車禍意外時，莉珊正在大學裡為了準備全國賽而密集練著球。高中畢業前，她靠著籃球隊的資歷，得到了這間大學的全額獎學金。母親雖然不喜歡莉珊像個男孩子一樣又粗又壯，但每次莉珊過節回家，又把她當豬餵，總是備滿整桌豐盛的菜。

這是第一次莉珊回到沒有母親的家。

客廳黑漆漆，如沉默的深海。但她不願開燈，直接倒進客廳沙發裡，窩成一個蟬蛹的形狀。在熟悉的氣味裡，莉珊沉沉睡去，好像做了個夢，也好像什麼都沒有。直到第二天清晨，光線灑進了室內，昨晚未進食的莉珊感到無比飢餓，才矇矓地張開了眼。誰知道，擺在莉珊眼前的根本是聯合國世界遺產奇景，嚇得她直接從沙發上跳起。

整個家裡堆滿了深寶藍色、大大小小、各種尺寸皆有的紙箱，從客廳延伸到飯廳，從一樓沿著樓梯爬上了二樓。這些紙箱幾乎全數保存完好，尚未開封。莉珊隨手抓起，標籤上寫著「森林忍冬花香水」、「夏威夷暖冬薑香水」、「田野茉莉花香水」。光是客廳的香水就不只百盒，更不用說粉餅、粉底液、唇膏、香皂和沐浴乳。

她坐在地板，默默打開眼前的盒子。金色的圓餅裡安放的是瓷白色的粉霜，莉珊不知道這種東西要塗在人身上的哪個部位？湊近鼻子一聞，爽身粉般舒服的香味還是讓她想起了小時候洗完澡後，母親總會用個像雲朵般的大棉球，刷過了白色粉末，然後在莉珊的身上快速地掃過一遍。此時莉珊就變成新的莉珊，可以再跑出去野了。再打開一個盒子，是芭比般粉紅色的唇膏。她學母親在手臂上一劃，誰知這淡粉色居然像遇到流沙一般，潛進她晒得黝黑的皮膚裡，完全不見蹤影。她胡亂玩弄了一陣，盒裡散出的花香與粉香便充斥在空氣中。有那麼一瞬間，她以為洗好澡，全身沾滿薔薇香的母親才剛剛走過客廳，準備到廚房去煎她喜歡吃的牛小排。

突然，她發現咖啡桌的中央，有個細緻的女性彩色陶瓷雕像，用那炯炯有神的藍眼睛，直盯著莉珊。這是個有著淺褐髮色的白皙女人，她穿著舊式的蓬蓬袖上衣，底下是格子綠色長裙，胸口別著金色徽章，頭上戴著一頂黑色蕾絲禮帽。手裡提著的是粉色的皮革化妝包，跟母親出門拜訪客戶時的大包包類似。

雕像的底座用金字燙著：「年度銷售艾比獎得主，雯妲．李」。

莉珊盯著這陌生的雕像出神。突然，莉珊從眾多紙盒裡找到眼線筆，小心翼翼地把雕像的藍眼睛點成了深褐色。

「這才是真的雯妲．李。」莉珊嘆了一口氣說。

既然雪倫對於雯妲的囤貨束手無策，莉珊也沒有其他人可以諮詢，她只好回去雜貨店問強生。

「你認為，這件事情要怎麼辦？」

「拿去賣囉，還能怎麼辦？」

「但你說說，我這個樣子怎麼賣化妝品？」

強生上下打量著莉珊，搖搖頭說：

「也是。那拿去丟囉。」

「怎麼可以？」莉珊激動地說。

「那我怎麼知道怎麼辦？」強生苦笑。

「哎，果然是開雜貨店的，問你也是白問。」

強生雜貨店的生意真是糟到了谷底。漏油意外已經是好幾年前的事了，這裡的海水也重新蔚藍起來，但P鎮還是像舊日樂園一樣，完全被廢棄了。州政府重新把這裡規劃成客運的轉運站。人們坐著海岸線客運往來南北加州時，總會經過這個小鎮，在這裡停留半個小時。秋冬大霧飄來的時候，畫著紅白條紋的燈塔在霧中若隱若現，還有一點淒涼迷濛的美感。但晴朗無雲的時候，總會在近海的岩石隙縫中，看見陳年的黑油垢。這時，皺起眉頭的人們總快速走進旁邊的雜貨店，寧願在裡頭看報紙、吃甜甜圈，打發掉時間。只要聽見大巴士靠近，強生就會從昏睡中驚醒，假裝勤快地打理店面。

莉珊看著肌肉都鬆弛了的強生，拖著胖身子在商品走道間穿梭，忽然靈機一動，對著他大喊：「不然，你和我一起來賣化妝品？」

強生將殘存的前額頭髮撥到兩旁，露出他的瞇瞇眼說：「妳說什麼？」

叩叩叩。

這是他們今天敲的第二十三道門。前二十二道門都不曾有任何回應，即使門內明顯有腳步聲、狗叫聲、小孩叫喊聲。

這次終於有人傻傻地回應，莉珊和強生對著彼此不懷好意地笑了一下。

「是誰在敲門啊？」

「莉珊。妳的小學同學，馬莉珊。」

莉珊今天把自己塞進了母親一件不小心做得太大的鵝黃色洋裝裡，臉上的妝還是照著雜誌，一筆筆生硬地畫出來的。但她還是將嘴角提高，把兩頰擠成了肉球，盡責地把笑容準備好。莉珊緊張地把右手放在身後，朝天豎起大拇指，希望母親能為她帶來好運。站在她旁邊的強生，穿著緊繃的舊式西裝外套，鬆垂的眼皮讓他看起來像極了一頭鬥牛犬。看見莉珊的表情，他也趕緊調整領帶的方向，清清喉嚨準備迎戰。

這兩人站在一起，不像是賣化妝品，看起來更像是來搶劫的。

門後原本靜默一片，但突然間，門鎖鬆開。站在門後的女人小心翼翼地把頭探了出來，狐疑地盯著他們看：「你們到底是誰啊？」

還沒等到莉珊回答，女人已經被這詭異的妝容和打扮震驚到啞然，不禁失笑了。

「她覺得我們很好笑嗎？」莉珊低聲和強生確認。

「我想是的。」強生覺得羞赧。

這是活了二十年的她，第一次主動把人逗笑。莉珊忽然充滿希望，心想今天也許能賣出一支粉紅啦啦隊。

六月來了

下著細雨，室內的水氣凝結在玻璃表面，傑森用手指在玻璃上畫了一隻獅子。獅子的嘴角凝結成水珠，逐漸飽滿後倏地滑落，獅子便像吐出了一道鮮血。傑森驚嚇，叫了起來，要媽媽過來看。

何莉正把魚從塑膠袋裡拿出，鮮血到處滴著，左手抓著魚頭，右手掌彎成個缽接著血水，小心翼翼走向流理臺。她沒時間答理傑森，任他呼叫著。

季節正在轉換，傑森的過敏病又犯了，於是何莉今天特地起了個大早，到市場裡選購新鮮的魚。她在攤子前張望，大部分的魚眼球充斥著汙血，身上鱗片脫落，死前掙扎的痛苦似乎就這樣凝固在魚屍上，何莉不太想讓這些痛苦在她的熱湯裡蔓延開來。遲遲無法做決定的她引起了小販的注意：「妳要買什麼魚呢？」

「拿來煮湯的，你說買什麼好？」她問。

「那選條活魚吧。叫小夥子幫你撈一條鱸魚。」

小販沒等她回應，便吆喝魚缸前的小夥子動手。何莉從來沒買過活魚，不知是否要制止，她看了一眼那些在魚缸裡擠得密不透氣的魚，魚鰭一張開，就摩擦到其他魚的鱗片，發出了指甲刮到盤子般刺耳的聲音。牠們瞪著大眼無助地望著何莉，似乎正在乞求她幫忙了結這痛苦。

小夥子身手敏捷地撈了一條魚，將魚丟擲到冰塊上，魚兒使盡全身力氣扭動，碎冰因而四處翻飛。另個男子一手抓起，用大刀柄猛烈地撞擊了魚頭，產生了沉重的聲音，這聲音鑽進了何莉的耳裡，讓她想用手指把它挖出來。昏厥的魚還吐納著呼吸，一轉眼就已被開腸破肚，牠張開的大嘴緩緩闔上，還沒密合就停止動作，像是忘了詞愣在臺上的演員。

現在魚安靜地躺在何莉廚房的砧板上，祥和地像是睡著了一樣。何莉身負重任，得將牠的死轉化為延續生命的意義。熬魚湯考驗烹調者的耐心，一急躁就容易亂了步驟，湯也就無法呈現細膩的乳白絲綢感。選這樣的菜做為晚餐，最能展現她現在生活步調的緩慢，一切是那麼氣定神閒有餘韻。

至少，在六月面前，她必須擺出這樣的菜來。

那日六月打電話來時，何莉正在清理李爾最後一箱的衣物。雙人馬克杯是結婚時朋友送的，上面印著 Mr. 與 Mrs. 的字樣。李爾每天早晨都用這個杯子裝咖啡，Mr. 的邊緣已經有了黃漬。李爾離開前打開了櫃子，把 Mr. 杯子拿出來，放在手心裡看了一陣，然後又靜靜地把杯子放進去，把 Mr. 的燙金字體整齊地對著 Mrs.。何莉現在看見這兩個杯子，就想起李爾皺著眉、委屈地在那兒對齊文字的模樣。她於是不加思索，極快速地拆散了 Mr. 與 Mrs.，將 Mr. 放進了紙箱的最深處。然後，何莉接起來自六月的電話。

聽見她的聲音，何莉倒吸了一口氣。她小心翼翼，不透露任何一點李爾與她吵架分居的近況。

「哎啊，我的小甜心。」那是六月一貫的熱情口氣，何莉聽得發寒。

「是妳。怎麼突然打電話來了呢？」

「想起了妳啊。上次的晚宴之後，就一直想找妳敘舊。」

何莉知道這通電話一定跟晚宴有關。她還知道，六月並不是只想和她敘舊。

「我們也太久沒有一起吃飯了。」六月接著說：「妳跟李爾結婚後，我都還沒有參觀妳的新家呢。」

何莉浮出了淺淺的笑容，如她預期的，六月談起了李爾。不過幸好，問題已經不在了。

「那來我家吃飯吧！」何莉說這句話的時候，忍不住壓抑的情緒，音調提高了好幾度。就像是看著螞蟻一隻隻地走向被她灑下的糖霜，天真乖巧地排成設計好的圖樣。至少還能控制點什麼的何莉，終於感到一絲欣慰。

何莉和六月認識了二十多年，不僅是大學同系同學還是室友，因為形影不離，被其他同學戲稱為雙胞胎。但她們其實長得一點也不像：六月高了一點，眼睛比何莉圓而大，說話的時候眼球彷彿也跟著骨碌碌地快轉著，旁人看著看著也就入了迷。可惜鼻子卻稍微扁塌，下巴短小。何莉相反，眼睛細長，宛若刀鋒，有種不太好親近的感覺。但何莉的鼻子卻又挺又直，光照時鼻尖上還能反射出自然光澤。她們若能合併，截短補長後，就能成為一個完美的人，只是上天偏偏要她們各自帶著些不完美的遺憾，並在看見另一個人時，提醒自己這些缺點的存在。

何莉個性靜，喜歡待在宿舍裡看書。因為不想成為焦點，她上課不太說話，對考試報告那些，也是不甚在意。與其花精力去準備那些無趣的問題，還不如把時間都花在看自己想看的書上。她努力省下的錢，都花在書上。能不去計較時間，一整天心無旁騖地看書是最幸福的事了。清晨天未亮時，何莉就倚在被窩裡看小說，床前小燈發出的黃光，圈出了一個讓她安心的神聖保護區。她總要等到天都白透了，才緩緩爬起進食。隨後，她又抓起書坐在書桌前，從此就像流沙沉進地底一樣，沒有任何事可以將沉溺在故事裡的她抽身。直到室內的光線逐漸變得昏暗，再看不清字時，她才知道一天又這樣飛快地過去了。她抬起僵硬的脖子，看見雁鳥匆匆地滑過了落日彩霞，胸中激昂的情緒，幾乎隨著滿天的紫紅雲彩爆散出來。

六月看見了，忍不住說：「妳就是那種整天讀書，全部都拿A的好學生。」她甚至彎起了眉毛，充滿同情悲憫地問：「難道除了念書以外，就沒有其他事情吸引妳了嗎？」

沉浸在自己世界裡的何莉，早已和外界失去了聯繫。她總是一個人走去學校，一個人吃飯，一個人回家。六月幾乎成為她唯一說話的對象。

然而，六月朋友眾多，她從來不一個人吃飯，有時候，她甚至不需要付錢吃飯。她時常忘記帶錢包，身邊的朋友總是慷慨地幫她付了。就算帶到了錢，她也能耍些小技巧好讓她不用付到全額——她先跟每個人分別收各自餐費和共同分擔的服務生小費現金，再用她的卡刷總價。最後，在大家不注意的時候，她再付了最低限度的小費，並從中拿走了差額。在朋友前，六月總是熱心、慷慨、對誰都有熱情，朋友們從未察覺損失些什麼，而那些素不相識的服務生，她是從不會浪費情緒去同情的。何莉雖知道六月的伎倆，卻也不好點破，一直都是六月帶著何莉參加她的聚會，為她介紹新朋友。甚至連李爾，都是因為六月的關係而認識的。何莉知道自己在這點上得感激她，當然六月更是深深知道這一點：沒有六月，就沒有今天的何莉。

但沒有何莉，也不會有今天的六月。

以前住在宿舍時，六月就常翻看何莉的物品。被何莉當場抓到時，六月也不驚慌，倒是氣定神閒地問她：「妳這件洋裝哪裡買的？也沒看妳穿過。」六月尤其喜歡翻看何莉的書、筆記、電腦桌面上的檔案。「這本書是寫什麼？」隨便抓一本書，六月翻開內頁，不在意地問著。「一個男子跨越了美洲大陸，在旅程中思考禪與人生的故事。」何莉回答。

「嗯。」六月似乎沒認真在聽，敷衍地應對。何莉有些失望。

「那本呢？」她指了何莉當時特別喜歡的一本書。日本作家谷崎潤一郎寫的小說，關於一個彈三味線的盲女春琴，身懷絕技，長相奇美，身旁跟著一個忠心的隨從。但女子最後遭遇不幸，毀了容，所以男子就決定刺瞎自己的眼。六月大力地闔上了書：「妳居然喜歡這樣的故事，還真是性格激烈的人。」又選起了下一本書。

何莉對自己沒把春琴的故事說好感到氣惱。於是她正襟危坐地，認真對待接下來每一本六月挑的書。她一邊說，一邊加入口氣，動作，對白，一人分飾多角將書中的故事演繹出來，她還附上評點，解析，歷史環境和政治分析，六月也不得不聽得入迷了。有時這樣一演就是好幾個小時，深夜裡，兩人飢腸轆轆，六月便下個麵條配個蛋花青蔥，當作她的答禮。

何莉雖演得精疲力盡，但她細長的雙眼裡卻閃爍著越來越晶亮的光芒，好像有什麼像是用水晶雕刻出來，既精緻又脆弱的小精靈，正慢慢地從冰霜裡甦醒。她知道自己理解文學，也能因為文學而感動，她的未來應該要與文學的血脈緊緊相依。

只是，何莉當時還不知道，六月用了何莉對小說的分析，寫了一份讓教授讚賞的學期報告。她更萬萬沒想到，六月後來在教授的引介之下，到了何莉一心想去的某間文學出版社工作。

那日六月告訴她這消息時，何莉傻住了，一時不知如何反應。她感到五臟六腑裡有什麼正在劇烈地收縮，讓她的嘴角痛苦地往下沉去，她希望六月不要看見她這樣的表情。

六月倒是閃開了眼神，輕聲地說：「算是幫妳試試水溫。到時候和出版社熟了，也好把妳介紹進去。」

何莉不是嫉妒，只是對自己很失望。不能義無反顧地追求自己喜歡的事，以至於讓他人捷足先登。六月搬離宿舍前，何莉把她所有的書，一本不留地都贈予了六月。一來是用此證明她並非嫉妒六月，二來是何莉想懲罰自己。看著自己曾經心愛珍惜的書，變成那個不怎麼愛書的人的物品，就是一種最殘酷的割捨。

魚已經被洗得很乾淨，現在要去骨。這個步驟不能分心，不然容易留下殘餘的血垢，魚湯也就會有腥味。玻璃上布滿了傑森畫的各種動物，從一隻獅子，變成獅子一家，獅子旁還有大象，長頸鹿，兒童眼裡的動物世界總是十分和樂。只是這些動物輪廓，已經隨著時間的流逝而逐漸走了樣，水滴到處墜落，每隻動物的面孔看來都特別猙獰。完成大作的傑森精力耗盡地斜坐在椅子上打盹兒。

除了外頭的細雨，廚房裡是完全的安靜了。何莉拿起磨得銳利的刀，毫不猶豫地從魚尾朝著魚頭的方向切入。她盡力保持著一樣的角度前進，若不幸遇到了魚骨，刀便輕巧地轉移方向，絕不使蠻力。刀被包裹在肉裡，人的眼睛是看不清狀態的，這一切只能靠著手握著刀柄的感覺來判斷。若說莊子的〈庖丁解牛〉講的是一種心靈能自由來去，行進自如的狀態，何莉的解魚倒不是個絕對自由的展現。她只是在走不下去的時候，懂得及時放棄眼前的路，往旁邊的新道路走去罷了。這麼一來，她就求得了點存活的空間。不懂的人說這是軟弱，是讓步，只有何莉知道，毀滅和放棄能夠減少掙扎與傷害。

何莉把去了魚骨的魚片兩面煎到焦香四溢，再將滾燙的水倒入鍋內。加入米酒，薑片，小火慢燉。細密的泡沫在鍋中滾動著，整間廚房充滿了如夏季沼澤旁的蛙鳴聲音。何莉抱起了傑森，將他放到小床上，她聞了聞傑森的小腳，有種爆米花般的鹹甜味道，她忍不住親了親這肉呼呼的小腳。何莉走回廚房，看著鍋裡的湯色慢慢轉成乳白色，宛若牛奶。時間改變了物質的顏色，狀態，軟化了尖銳的種種，沒有什麼在這滾燙的湯裡是化不爛的。

從學校畢業後，李爾再遇見何莉的時候，她早已成為了不一樣的人。以前的何莉銳利而古怪，現在的她與正常人一樣無異，變得親切許多，在人群中也不像從前那樣的不安窘迫。李爾於是鼓起了勇氣，約她吃晚飯，好奇到底是什麼讓她改變了。

何莉說：「是瑜伽。」何莉是認真的，說話時眼睛裡有團火焰燃燒，激烈地快將李爾纏繞進火焰裡。但李爾卻笑了出來，是他變了。眼前這女孩大概還是和以前一樣，對什麼事都過分認真。只是對出來工作多年的李爾來說，這種認真反而極其難得，有種不可抗拒的可愛魅力。

何莉靈魂裡那個因為文學而晶瑩剔透的部分已經被她自己所遺棄了，它染上了厚厚的灰塵，不再光采奪目。在一個悶熱的夏日午後，何莉走進了一家門口有著巨大橡樹的瑜伽教室。為了省電，這間教室居然不開燈也不開冷氣，她在昏暗的教室裡，汗流浹背地跟著老師調理呼吸。急躁不安的她，腦子裡閃過千百個想法，她設想著自己當初如果更重視外在的表現，現在會怎麼樣？她想起六月，她真能勝任那樣的工作嗎，她真心喜歡文學嗎？何莉想像六月手忙腳亂、一敗塗地的樣子。這些想法像是來自不同方向的雲，這裡一朵，那裡一朵地飄進又飄出。但當她的身體開始隨著老師們彎曲、移動時，那些亂飄的雲朵就慢慢地停了格，褪了色，最後神奇地從腦海裡消失。

像是施了魔法一樣，她瞬間著迷於瑜伽的療癒力，每日都往這小教室裡報到。她觀察牆上移動的樹影，車子開過時側邊鏡子反射的強烈光線。她呼吸著混合著焚香與汗味的空氣，感受身體的疼痛與僵硬。漸漸的，因為瑜伽而變軟的身體，也帶領著她的心放鬆。她不知道原來心也可以被拉扯成各種大小的容器，只要願意，就能裝得下自己，也裝得下別人。

李爾再問：「那妳還和六月聯絡嗎？」

何莉低下了頭說：「很久沒有了。那你呢？」

「本來就不是很熟的朋友，畢業後當然也就沒繼續聯絡了。」

「當初我還以為你會對六月有興趣呢！」何莉故意說起，當初所有的人都圍在六月身旁，願意為她做任何事。

「怎麼可能！」李爾有點生氣地說：「我不知道別人怎麼想，但六月不管在個性上還是外表上，好像都沒有吸引我的地方。」

何莉沒有多說什麼，但她與李爾終究還是走在一起了。結婚沒多久就懷了傑森。有了一個家的何莉覺得什麼都圓滿了。

也只有在圓滿以後，何莉才開始願意和過去大學時期的朋友見面。朋友舉辦了晚宴，六月、何莉和李爾都前去赴宴。

多年不見的六月留著微捲的短髮，穿著一件純黑色的過膝裙裝，沒有多餘的花樣修飾，顯得俐落而典雅。她瘦了不少，花了很多心思保養的她看起來比同齡的人顯得更年輕勻稱，脖子細長，像隻高䠷的天鵝。六月早就離開了原本的出版社，跳槽到另一家更大的出版社，成了副總編輯。在一群女性同學裡，就數她最有事業成就。單身無子，沒讓她成為笑話，反倒讓她更顯特別出眾，彷彿只有她是走在時代前端，只有她懂得珍愛自己，看重自己的價值。男同學裡事業做得比她小的，只敢在旁邊偷偷覷著，不敢搭話。六月也不會浪費時間和這些人說話，她專門找那些在事業上可以合作的對象，那幾桌可是熱鬧不已，笑聲連連。

婚後的何莉臉上脂粉未施，素淨到讓人誤以為是會場的清潔人員。過去的冷淡高傲不在，看過去就是個尋常的家庭主婦，她特地搭配及膝裙和針織衣，雖色彩協調，但卻是個無趣的選擇。這些衣服，就算分開穿，也可以和其他基本款安全無誤地搭配，不單只適用特殊的場合。何莉在看見了六月以後，雖意識到自己的寒酸，但有了丈夫兒子的她並不害怕，至少他們讓她感到真實的富有。

「怎樣，還是書呆子嗎？」六月前來找何莉搭話。

「有小孩後根本就沒時間了。」

「倒是妳，現在不看書也不行吧。」何莉脫口而出，覺得自己好像諷刺得太明顯。

六月則似乎完全沒感覺到何莉的刻意，轉了個話題：「我倒是沒想到，妳竟然跟李爾結婚了。」她繼續說：「怎麼想都不太可能啊。兩個人差這麼遠。」

「這倒是不會。結婚以後才知道我們有多麼相似，喜歡的事都差不多。對了，他也特別喜歡小孩。」

六月搖了搖手上的紅酒，視線遠遠地投向人群，何莉察覺了她在找尋李爾的身影。

「那是妳不懂，他這種人不會喜歡小孩的。小孩只是給這個世界的交代而已。」六月說。

「是妳不喜歡小孩吧。」何莉說。

「這不是很明顯嗎？」

「所以妳才永遠都無法明白，擁有一個自己的孩子，是多麼圓滿幸福的事。」

「是這樣的嗎？」

六月笑著說完這句，便轉過身離去，腳步輕盈地走進人群裡，人們自動往兩旁挪出空間來。她這隻天鵝滑過平靜的湖水，行走過留下久久不散的水痕。

廚房裡彌漫著香氣：淡淡的酒味，和著魚肉沉厚和生薑明亮的香味。魚湯已十分濃稠，何莉拿出了篩子，動作緩慢地在水面上篩起雜質和泡沫。一不注意，何莉可以重複這樣的動作近百次，有時竟整整一個小時，她都不發一語地撈著這些突然出來的褐色水泡。她就是不懂，為什麼撈得再怎樣乾淨的表面，總會突然冒出一些看起來扎眼的碎屑。

六月說對了，李爾與何莉差得可遠了。能一起做的事，都是不斷妥協再妥協後的最大公因數。在這一兩件事上出力經營，李爾覺得他也算是盡力了。何莉倒有耐心，慢慢適應著李爾的愛好。李爾愛吃，她就開始學著做菜。但很快的，李爾覺得她的菜總是做得過重，倒不是調味料放了太多，而是這菜是有情緒的。李爾一開始努力地回應何莉，每道菜都「好吃好吃」地稱讚。但他知道何莉要的不是這些膚淺的，宛若美食節目，沒有深度的讚評。李爾開始讀網路上的評論，學著那些術語。但這一切都還不如直接去餐廳吃來得容易。兩人一起評論一間餐廳，不管好與壞都無傷夫妻感情。

何莉知道李爾要的不只是對他的尊重，而是崇拜。但何莉就是無法崇拜對任何事都一知半解、拿不出絕對的專心來面對的李爾。有時，何莉會在李爾說話的口氣中，聽到了彷彿出自六月那種滿不在乎的聲音。何莉劇烈地搖搖頭，摀住耳朵：「夠了，我再也不想聽了。」李爾便露出那宛如沙皮狗，臉上肌肉線條全都往下垂的挫敗神情，小聲地埋怨：「我到底又說錯了什麼？」

那天的晚宴，除了六月來跟何莉說了點話，其他人都不知要和何莉說些什麼，他們談的都是她的先生李爾：「他最近怎樣？」「他以前有多受歡迎！」「他怎麼一點都沒變，妳是怎樣幫他保養的？」彷彿何莉這個人沒有過去，沒有現在，當然也沒有什麼未來值得拿出來當話題。

她想找一個沒有人的地方，讓思緒安靜一下。走出房子的時候，她終於看見了李爾。他一手倚著簷廊上的柵欄，一手唧著香菸。身邊是六月，她回頭，看見了何莉，便放聲大喊：「哎啊，我們的小可愛何莉來了。」

她永遠忘不了李爾的表情。站著的他，沒有立即抬起頭來看何莉一眼。他往下俯視著那個坐在搖椅上，突然綻放如紫羅蘭般嬌豔笑容的六月。他不自覺地跟著那個笑而瞇起眼微笑了。這畫面緩慢的就像是蜻蜓飛離水面時突然漾起的漣漪一樣，一圈圈，一波波地向外擴大，在何莉的心底掀起了一陣風暴。李爾從來沒這樣對著何莉笑過。

何莉把最後一顆浮起來的暗色水泡撈了起來，往垃圾桶裡甩去。她相信那是最後的雜質了。

她將魚湯留在爐上，把火候調為最小，靜靜等著六月的到來。但她先等到的卻是六月的電話。

「哎啊，我的小甜心啊。」六月用一貫的熱情開場。「我跟你說啊，今天我就不去妳家吃飯了。」

何莉正要詢問原因，六月又繼續說：「妳不會相信我剛剛遇到誰？你猜，你猜猜看。」等不到三秒，六月就大笑著說：「妳們家李爾啊！哎，他居然不知道今天妳們家晚上請客，妳沒跟他說嗎？」

何莉正在想著適當的理由，六月又開口了：「他今天帶著一個大客戶出現在我們公司門口，現在他們正要去吃飯，妳不知道我想認識這個大客戶多久了。你們家李爾就是個福星。妳要不要也過來？」

何莉終於能說話了：「不，不去。」

「怎麼了？妳不為我高興嗎？」六月問。

「誰說的，我非常高興。」何莉一邊說，一邊擠出了笑聲。

何莉獨自喝了一口湯，鮮味完美，魚皮酥軟，魚肉如冰霜般綿密，入口即化。她忘記了湯汁滾燙，就這樣把自己的舌頭燙熟了，但此刻她感受不到任何疼痛。她想至少讓心愛的傑森喝一口，畢竟這是作為母親，用了所有的愛製作的鮮湯。何莉在母親的角色裡，感受到了巨大的付出與愛，這世間沒有比這個更純美，更濃郁的情感了。有這樣的愛作為支撐，她還需要什麼嗎？她搖搖頭安撫自己，我什麼都不需要了。

何莉小心翼翼地端著湯，走進傑森的房間裡。湯裡有隻魚頭正張大著嘴，已被煮白的眼珠子已經無法看見這個世界，何莉想起，牠曾經用無比悲傷的眼神乞求她。

Have a Nice Trip

老姜抽出了手帕，快速抹去額頭冒出的汗珠。接著，他按著胸脯深呼吸，小心翼翼將舌尖捲到上顎的位置，發出了 four 的音。他延續著捲舌 r，抬起下巴，再發出這個字剩下的音：teen。

他怕對方聽不清楚。這一次，他先半蹲，把身體壓低好發出低音的 four，接著直挺挺地往上彈跳，以便發出位於高聲部的 teen。此身體動作能夠幫助他的發音抵達準確的位置。

只是，老姜沒控制好音量，巨大的聲音讓附近的旅客全轉頭盯著他瞧。面無表情的海關抬頭看了他一眼。原本只是尋常性地問了老姜準備旅遊的天數，但老姜卻說出了比一般旅客還長的時間：forty。正準備繼續問清楚的時候，老姜卻打斷他：「No, no, no. I mean fourteen, not forty.」他因此連說了兩次 fourteen。

「You don't have to be that loud.」海關說。

Loud？什麼意思，老姜一頭霧水。不出幾秒，深鎖的眉頭又快速鬆開，像是解開了天大的謎團一樣說：「不老不老，I am only fifty-nine years old.」臉上的線條不自覺地微微上揚，帶點沙皮狗般諂媚的笑意。

海關雖然冷淡，但表情比剛才柔和許多，比手畫腳要老姜跟著做一樣的動作，在指模機上壓印。老姜敏捷地照樣畫葫蘆，便順利拿回了護照。

「Have a nice trip.」

這句老姜聽得懂，瞬間綻出好大的笑容。

「Thank you 啦！」

老姜揮揮手，走路有風。

老姜今年五十九歲——是個自己宣稱老了而不矯情，若得到「不，你還年輕！」的回答也不意外的年紀。今天是他第一次出國旅行。為了這天的到來，老姜苦苦準備了一整年。

沒有人相信，老姜會在這個年紀開始學英語。倒不是年紀大了不能學英語，而是老姜這個人最捨不得花錢。要不是巷口這間新開的英文教室每月一九九九吃到飽，老姜也不會下這個決心。老姜每天都去上課，有時一天還連上個好幾堂。他的老師麥可說他是最用功的學生，但他只是無心插柳。與其說是想用功學習，不如說他只是想撿便宜。

老姜曾經窮過。他的父母在市場賣菜，從小他就必須跟著做買賣。當其他的小孩玩著積木、玩具車、芭比，他的玩具則是父母補償他擔任童工的銅板。從那個時候開始，他對錢的概念便是由觸覺建構的。他仔細感受緊握在手心裡不同面積的銅板所造成的壓力和痛感，接著用手指勾勒著硬幣上浮印的數字和人像的輪廓。他特別喜歡觸摸那些因為年代久遠而變得滑順的老硬幣：硬幣上的人像鼻子變得扁塌了，頭又更禿了，標註的時間都消失了。但藉著觸摸時間，老姜開始認識錢財的不朽。即使後來考上公務員，生活漸漸優渥了，老姜與錢之間的親密感還是未曾改變。

這無可取代的親密感常惹得姜太太不愉快。「到底是我重要，還是錢重要？」姜太太屢次想說出口，卻又把話收回去。

老姜喜歡在遠處觀察姜太太做事。姜太太用了廚房紙巾擦拭流理臺，清理結束正準備將紙巾丟進垃圾桶時，老姜衝過來搶了去。他把紙巾在水龍頭底下翻來覆去地清洗，再拿去陽臺晒。「不要浪費紙，沒用過三次以上不准丟喔。」

結婚時沒有婚禮，沒有婚紗，沒有蜜月旅行，姜太太大半輩子都在配合老姜的節衣縮食政策。「至少，」姜太太對著他說：「在我老到走不動前，得出國旅行幾趟。」

「大峽谷？花這麼多錢去看石頭？來，週末我帶妳去三義火焰山。」老姜雙手在空中比畫：「那個石頭奇形怪狀，比美國大峽谷好。」

「泡溫泉還要跑去日本？」老姜懶洋洋地反問：「妳不知道臺灣就在火山帶上嗎？」

老姜的臺灣真的是寶島，集宇宙於一身：漁人碼頭，巴黎左岸，荷蘭風車，德國古堡，在臺灣都有其複製品。只是時間久了，這些複製品再也無法滿足姜太太想要看這世界的好奇心。某日清晨，一張紙條貼在冰箱上：「我去關西五天四夜，你三餐自理。」姜太太便沒了蹤影。

老姜收到信用卡帳單以後，感到無比的氣憤：「到底是誰寵壞了她？」他氣太太不識大體無法共體時艱，明明再兩三年房屋貸款就可以完全還清了，那時候再出國不是比較踏實嗎？他認為活得越可憐，越能激發太太的罪惡感。太太不在的那幾天，他便以一種幾近於苦行僧的方式來對待自己：醬油配飯，荷包蛋配粥。他越面黃肌瘦，她就越應該感到愧疚。

五天後太太光鮮亮麗地回家了。她並未發現老姜的消瘦，反而忙於用新買的磁鐵妝點冰箱：藝伎，神社，櫻花，紅紅綠綠地蔓延了整片。出國就算了，居然還花錢買這些沒用的玩意兒，老姜沉著臉一聲不吭。太太兀自炫耀自己的戰利品，完全不問他這幾天是怎麼過的。

兩人的冷戰正式開打。老姜也不問她的旅行細節，就當太太是去巷口超市一樣，是再尋常不過的離家與返家。至於姜太太，脖子上繞著機場免稅商店新買的粉色絲巾，微笑地看電視、做飯、倒垃圾。鄰居來找姜太太聊天時，老姜便豎起耳朵來，聽著他太太說著搶人食物的奈良鹿群、在京都想跟藝伎合照卻被狠狠拒絕等旅行小事。老姜只見幾個太太們在陽臺圍成一個小圈，有人跟著低頭看手機照片，有人伸手摸著姜太太的絲巾，將尾端繫著的流蘇裝飾握在手掌間。

「還是名牌的品質好呢！跟菜市場的沒法比。」

聽到這，老姜就更氣了。

只是沒想到，老姜的氣還消不了，這戰爭突然又以老姜無法理解的速度結束了。某日傍晚，姜太太在公車站乖乖地排隊等車，一臺失速的機車突然衝撞人行道，其他人都是輕傷，就她，不偏不倚地被撞上。老姜到現場時，太太那條粉紅絲巾早就被折騰成髒灰色，破爛地纏繞在被撞毀的機車擋泥板上。老姜小心翼翼地取了下來，向圍觀的人們喃喃地說著：「這名牌貨，很貴，很貴。」

姜太太突然身亡，老姜變得恍恍惚惚，情緒不知如何轉折，便高懸在那裡。他在家裡待了好幾天不出門，把皮夾裡的銅板拿出來一個個緊緊握著，手掌都壓出了幾道散不去的圓形血痕。沒多久，關於太太意外身亡的保險金郵件寄到了家裡，老姜仔細讀了幾遍，終於回過了神。他迅速把保險金領出來，並拿去銀行還清了房貸。

那日他到銀行辦完最後的手續，一路緩慢地散步回家。天氣已經漸漸暖了，路旁開滿了木棉花，點點橘紅色蔓延到路的盡頭。他將大衣脫下，肩膀便忽然鬆開了許多，鬆到骨頭都快散開了。他這輩子從來沒覺得身體這麼輕飄飄過，分不出究竟是在走路還是在飄浮。他看著空氣中的木棉絮，隨風左右飛舞，不知要往哪個方向飛去？如果風大一點，他想他也能這樣無重力地飛上天。

老姜這就飛到了舊金山。

出了關以後，老姜忐忑不安的心情還來不及沉澱下來，就被司機接了去。得知老姜打算要去美西自助旅行，英文老師麥可便主動幫忙規劃，畢竟老姜是最用功的學生。他建議老姜第一次出國不要玩這麼大，還是得在當地參加旅行團，至少交通與住宿都不用想太多，而且，搞不好還比自己規劃的便宜。老姜什麼都不在意，只要便宜，二話不說便接受麥可的建議。即使如此，真正飛到了美國，旅行還沒正式開始，就因為緊張的關係血壓頻頻高升：接機的司機認得出他來嗎？聽不懂司機的英文怎麼辦？司機要是跟他勒索謀財，拿命拚嗎？

沒想到，從見到司機開始，他竟可以一路用中文存活下來。看起來像墨西哥裔的司機會說：請，謝謝，我幫你。旅行社導遊能說廣東腔的中文，和中文腔的英文。團員裡的亞洲人說著聽不懂的方言，但必要時刻，也能轉換成大家都懂的普通話。至於另一半團員，有的似乎來自中東，有的則像是來自歐洲的白人，老姜猜測美國白人應該不會參加這種打折的旅行團。

老姜剛在巴士上坐定，轉頭一瞧，就正巧對到了一雙翡翠綠的眼睛——那是個有著深棕色及肩捲髮的女子，禮貌性地將眼睛笑成半月形。老姜迅速飄開眼神，臉卻不自覺地熱辣起來。老姜只要在陌生的環境裡就容易焦慮慌張，不知所措，但這個穿著寬鬆白衣的女人卻顯得自在極了。她似乎也是一個人出來旅遊，即使上了年紀，她的衣著仍講究，妝扮細緻，黃褐色的絲巾在她的鎖骨處結成了一隻蝴蝶，更顯她高雅的氣質。老姜覺得面熟：「我肯定在哪裡見過她。」

花了好長的一段時間，老姜終於在腦裡響起了叮咚聲：「茱莉亞．羅勃茲！對，就是她。」她是老姜年輕時的夢中情人。嘴型又長又闊的茱莉亞．蘿勃茲可能不符合臺灣的審美標準，但對老姜來說，他卻覺得茱莉亞有著全世界最溫暖迷人的笑容。就像他第一次看見他的太太，纖細瘦小的她第一次出現在麵館裡工作，不熟悉的她端錯了麵，給了老姜一個抱歉的微笑。她的臉龐比一朵盛開的牡丹花還小，但她微笑時，兩片往臉頰延伸的唇竟占了整張臉的一半。老姜瞬間被這笑容迷住了。之後的一個月，他天天都往麵館報到，直到她願意當他的女朋友為止。

第一站到了舊金山出名的漁人碼頭。

「根本臺灣夜市。」這是老姜對美國的第一個評價。群聚成一團的遊客看著魔術表演叫囂，老姜不覺得有什麼特別，他搖搖頭，快速走開。他獨自走到海邊，海面是憂鬱的銀灰色，海浪湍急洶湧，使得位於海水中央，專門關重刑犯的惡魔島更添加了一絲陰森的色彩。老姜心想：「這不就臺灣綠島。」便又意興闌珊地走開。突然間，老姜看見一群人靠在港口邊圍觀，忍不住湊上前去。港口的浮木板上，成群的海豹搶著躺在上面晒夕陽，一隻疊著一隻，油膩肥胖。這場景臺灣可就沒有了，老姜便佇在那兒發呆，非得想出個類似的臺灣地景不可。

車上那位有著翡翠綠眼的女子，也正興致勃勃地盯著這群慵懶的海豹。她的笑容如這夕陽一樣柔和，有著不可思議的療癒功效。老姜觀察了她一會，不想出聲破壞這美麗的畫面。但女子很快就發現了老姜的眼神，逃不過的老姜只好大方地微笑示意。

「It's windy today.」女子用英文打了招呼。

老姜懂這句：「Yes, yes, windy windy.」話一說完老姜就後悔。他不明白自己為什麼每個字都要說兩次。來，下一題。

「Do you travel by yourself a lot?」

這句太長聽不懂。不過老姜知道是Yes／No問句，二分之一的答對機率，就選了Yes.機靈的老姜還知道加問一句「And you?」順便爭取第二次聽題機會。

「Yes, I do. I have been traveling by myself for two months.」

果然付錢給麥可是對的。「And you?」這一招還是跟他學的，這下他才有聽懂脈絡的第二次機會。

問旅行時間是吧，好的沒問題。這次他馬上準備好預備動作，先深呼吸，全身將重心壓低。「I travel fourteen day.」隨著身體的起伏，這個fourteen發得鏗鏘有力，標準漂亮。Day後面沒有加s沒關係，現在沒時間管這個。

正愁著不知如何解決晚餐的老姜，提議一起找地方吃飯。她竟然笑著說：「Why not?」老姜在心裡呼喚著死去的太太：「快來看，你尪臺灣之光，跟茱莉亞．羅勃茲共進晚餐。」

翡翠綠眼的女子名字不是茱莉亞，人家叫伊莎貝拉，是法國人，還是個舞蹈老師。對不起無法提供更多資訊，老姜的英文連全民英檢初級複試都沒有過。一路上，老姜yes來yes去，好像很厲害但心裡很挫賽，邊猜邊說，邊說邊猜。但光這樣，也能進行對話。老姜為自己感到驕傲。

他們隨意選了一家海鮮餐廳，走進了地中海風格弧形拱門，盛開的九重葛沿著拱門生長，紫紅花朵一叢叢地探出頭來，伊莎貝拉對這熱鬧鮮豔的景象感到雀躍，連照了好幾張相。老姜心想，有什麼稀奇呢？姜太太喜歡喜氣的紫紅色，家裡的陽臺就種了好幾盆這種花。每年初夏，只要走進巷口，遠遠就可看見他們的公寓鐵窗爬滿了紫紅色的花，彷彿把傍晚的夕陽招進了窗。老姜工作了一天只感到疲憊，想趕緊進屋，而姜太太勢必早就準備好一桌他喜歡的菜。

餐廳內以白色為主要基調，桌上鋪著白色桌巾，小玻璃瓶裡插著一朵白色薔薇花。落地窗外是被夕陽照得金黃的海面，大風吹得海浪翻飛搖晃，反凸顯了室內的安穩寧靜。一個穿著燕尾服的演奏家，正彈著老派的抒情歌曲。老姜覺得一陣疲軟：「這麼舒服漂亮，價格一定很貴。」當初看到招牌寫seafood，難得看得懂太過興奮，他居然連價格都沒看就走了進來。

「Are you ok?」伊莎貝拉看見老姜面露難色，關心地問了一下。

「Ok, ok! No problem, no problem.」可惡，居然每個字又說了兩次。

不要說老姜不懂浪漫，只是在愛錢愛到骨子裡的前提下，他對浪漫的定義也就得跟常人有點不同。那年結婚紀念日，太太想去浪漫一點的地方，提議去海洋世界慶祝。「這有什麼難呢？」老姜居然二話不說地同意。

姜太太喜出望外，以為老姜良心發現，重新做人。她精心打扮，等著出門，轉頭一看，卻見老姜穿著依舊衣衫不整，簡直像要去巷口倒垃圾般隨便。果然，他們就是去巷口，那間有著巨大水族箱的海鮮熱炒餐廳。

「妳看，海洋世界。」他指向大閘蟹、龍蝦和海膽。水族箱裡還布置著假水草，海底世界的鮮藍色背景圖，以及宛如成人錄影帶店招牌的俗豔紫色霓燈。

「應有盡有，任君挑選。」老姜拍著胸脯說。

姜太太氣到不行，打算轉頭就走。老姜將她拉了回來：「這不好嗎？海洋世界裡的魚你能隨點隨吃嗎？」姜太太雖覺得可惡，但卻無法認真生氣。

她忍不住笑了，笑中帶淚。

那時的太太好年輕。

伊莎貝拉大概差不多是姜太太去世時的年紀，但依莎貝拉卻風韻猶存，體態優雅，因為仍在跳舞的緣故，所以身材還很苗條，肌肉也很緊實。她的衣著顯然是仔細搭配過的，顏色與材質都配合得十分穩當：像是多瓣的薔薇搭著青綠嫩葉，或是黃昏碼頭配上肥美海豹。姜太太曾經也用心裝扮過，但一到某個年齡就放棄了——這彷彿是一個社會密約，老姜認識的許多女人，像是他的姊姊，同事等，都在那個年紀同時繳械。她們從此留著差不多的短蓬捲髮，頭顱脹成毛茸茸的巨大圓形，宛若修剪完的貴賓狗。她們也不在意衣著顏色的搭配，只關心衣服的材質和暖和度。冷的時候，便忽略衣服的長短剪裁，一層層地穿疊著不同顏色的衣服，只求保暖養生。老姜總覺得她們像是「站在千層蛋糕上的貴賓狗」，可是他絕不會對此發表意見。畢竟，茱莉亞．羅勃茲的衣服，老姜可負擔不起。

鋼琴的聲音若有似無地飄浮在空氣中，燭光在老姜與伊莎貝拉間閃爍著，快要沉進大海裡的夕陽透出了奶蛋色的溫和光線，將整間餐廳染出了懷舊感傷的情韻。在與伊莎貝拉共進晚餐的時光裡，老姜不斷想起他的貴賓狗太太，她要的浪漫也許就像這樣，而這其實比他想像中的容易辦到。

到底是怎樣開始這趟旅行的呢？老姜不想利用旅行來尋找人生意義，從他開始賺錢的那一年起，他的意義就已經圓滿了。然而，太太忽然去世後，確實有什麼正在改變著。首先，只要在家，他便出現嚴重的聽力障礙。家裡的空氣彷彿被抽掉，聲波無法傳遞，出奇詭異的安靜。而這安靜到了一個極限，便又突然變得極為吵鬧：它化為抹之不去的高頻率耳鳴，時時陪伴著老姜。水燒開時聽不見聲音，菜丟進熱燙的鍋子裡的時候也聽不見聲音，摸著自己心跳的時候更是完全的寂靜。

更糟糕的是眼睛也變得異常：他看不見，也找不到以前的東西。他學著做太太以前負責的家庭雜事：採買，煮菜，洗衣，打掃，卻時常弄得更亂、更沒秩序。很多年沒仔細逛超市的他，在超市繞了好幾圈，也找不到常用的洗髮精，刮鬍刀。架上排列各種精油皂、護膚皂，他卻找不到那種最簡單，一塊四元，白色無味，單純把髒東西洗掉的香皂。做菜的時候，為抓緊時間，廚房紙巾抽了就用，往往在清理廚房時才發現自己浪費了好幾張，故而懊惱自己求方便而丟失了人生原則。他在這些繁瑣的家事中感到挫敗掙扎，怎麼做都錯事連連，浪費無數。

同時，他也看到了以前看不到的東西。這些新的生活小失誤就像是空氣裡一直存在的懸浮粒子，他從來沒有認真注意過。直到太太消失，不再有人站在窗前替他遮住強光，太陽找到機會灑落一地，角落滿布的塵埃才忽然現形。這些塵埃在老姜身邊輕快地飛舞，像是正在大肆慶祝老姜的笨拙愚蠢。

那一日他整理家中，不小心弄掉了冰箱上太太從日本買回來的磁鐵（這即是他會做出的愚蠢事之一）。有的是陶瓷做的，脆弱不堪，掉在地上就成了尖銳的碎片。他雙膝著地清理，一不小心就被扎到，雙腳滲出了血。從前覺得這種東西浪費錢，也不知道意義在哪裡。但在清理碎片的時候，他卻無法忍受這些破碎的局面。那彷彿是他散落一地的軀體器官。現在撿起了右耳，左臂，幾個腳趾，那其他的部位怎麼辦？他空洞無聲的心要怎麼辦？他浮現了強烈的欲望：他要去世界各地，把各個景點的磁鐵都帶回來。他想起太太說過的大峽谷、舊金山……。於是他立刻開始上英語課，一年後就來到了美國西岸。

接下來幾天的行程是優勝美地國家公園，一個姜太太曾經吵過要去的地方。車子從城市開進了原野，果樹田，逐漸進入了大山。老姜看著逐漸險峻的山谷，兩側的岩壁和樹林，又浮起了熟悉感，馬上冰雪聰明地連結：「這不就臺灣中橫嗎？」能巧妙地連接到中橫，老姜可得意咧：「得三分！」他偷偷發笑。

只是沒多久，車子進入更高的山區，地貌驟變。因為冰河時期的侵蝕作用，遠山兩側被塑成了巨大的U型曲線，形成浩瀚壯觀的深谷。茂密的森林覆蓋在深谷低處，而高處的石岩因反射光線，呈現一片銀灰。夏季殘雪仍點綴在其中皺褶處，如糖霜斑斑點點。第一次看到雪的老姜感到振奮，即使是殘雪也不減他的熱情。至於融雪，奔騰而下，化為了細密綿長的瀑布。老姜看得目不轉睛，面對著這些壯大崇高的景色，他忽覺腿軟，因為自己的渺小而微微顫慄起來，暫時不敢玩他那無聊的聯想小遊戲。

「值了，這錢花得值了！」他在心中反覆拍掌，搖頭讚嘆。

在優勝美地裡健行，是老姜連做夢也夢不到的事，尤其是身邊還有伊莎貝拉同走。團裡多是家庭或情侶，唯有伊莎貝拉與他年紀相當，又剛好只有一個人出來旅行，很多時刻就互相陪伴照應。「多好，免費英文練習。」反正老姜分不清法國腔美國腔，隨便，聽起來不像中文就好。想不到話題的時候，就拿出背得最熟的句子：「How many people are there in your family?」話一說出口，老姜才意識到這個句子的意義，老外大概都很注重隱私，他自己也覺得無禮了。

「Just one. My self.」伊莎貝拉淡淡地說。

「No husband? No children?」既然問了，老姜只好繼續問下去。

伊莎貝拉表示她有過婚姻，但沒有小孩。現在一個人自由自在，沒什麼不好。她及時煞車，顯然不想透露太多細節，反追問回去，「And you?」

「Just one. My wife died.」老姜不迴避，甚至再加上一句：「She liked to travel.」

伊莎貝拉的眼神閃過一絲憐憫，迅速回應：「I am sorry.」

老姜的初級英文理解能力讓他困惑了。「對不起什麼呢？人又不是她殺的。」他於是客氣地搖搖手，急忙說著：「No no no, you no sorry.」

「I am sorry.」不懂現在是在對不起什麼，老姜只好搶著道歉。

換伊莎貝拉困惑，但整條路上她也習慣困惑了，只好換個話題。「Did you travel with her a lot?」

又是Yes／No問句，老姜最愛的題型。但這次他不用猜，聽得清楚明白。他沉默了幾秒，據實以報：「No, never.」

這下老姜真心感到抱歉和遺憾，複雜的情緒終於符合了兩種 sorry 的正確用法。

突然間，一陣強光照耀，讓老姜張不開眼睛。環顧四周，原來是步道兩旁蓊鬱的樹林都消失了，取而代之的，是一片焦黑枯萎的森林墳場。強烈的陽光直射這片遭森林大火摧毀的土地，每棵樹的殘骸都看得一清二楚。延展的枝椏被燒光，像是被斷手斷腳一樣，徒留著被燒得焦黑的軀幹，彷彿刻意被敵人留下來當警示。

所有旅客都停下腳步，瞪大著眼望著這驚心動魄的一幕。老姜和伊莎貝拉也啞然失聲，靜默了好幾分鐘。老姜想起古代囚人被施以酷刑的畫面，大概就像此：無法動彈，任人宰割。

老姜忽覺暈眩，坐在路邊的大石上休息，讓伊莎貝拉跟著其他團員先走了。太陽毒辣，晒得他後頸發紅發痛，豆大的汗珠不斷冒出，熱得他幾乎昏厥。這樣的熱度讓他想起了那日在火葬場，太太的棺材準備被送入火化爐時的景象。

爐門一開，一股熱氣衝上臉頰，老姜的雙眼感到刺痛，瞇著眼看著。老姜的視線因高溫而浮動扭曲，只見橘紅色的火舌一舔一舔、此起彼落地竄出，發出轟轟的低鳴聲，讓老姜嚇得退後了幾步。他聞見空氣裡有種讓人窒息的凝重灰燼味，那是物質消失、不可復返的警示，他便下意識地用身體抵住棺木的一角。但此時，葬儀社機警地支開了老姜，再順勢將棺木往前推向爐門，一瞬間姜太太便滑順地溜進了那熊熊火焰裡。

在葬儀社的帶領下，所有人開始喊著太太的名字：「快跑，不要被燒到了。」場景突然失控，變得十分悲淒傷痛，在場的人皆頻頻拭淚。他無法幫助太太不被燒傷，因為她就像眼前森林裡這些無法移動的樹，一動也不動，只能被燒個焦黑精光。然而，不就是我們這些哭著的人把她送進去火爐的嗎？為什麼卻要她快跑呢？放火燒森林的人要森林的樹林快跑，看到樹跑不了只好傷心斷腸。這邏輯老姜不懂。

葬儀社人員見他沉默，示意他跟著喊。

老姜張開了嘴，卻再也發不出聲音。

最後幾天，車行至華盛頓州，抵達著名的巴伐利亞村 Leavenworth。此村原本做伐木工業，但卻因為環境改變而蕭條。為了重振村莊的生計，商人提出將村莊塑造為巴伐利亞風格，以觀光業重生，果然大獲成功。冬季時小鎮被白雪覆蓋，是華盛頓州著名的聖誕村；夏季時則舉辦藝術活動和市集。村莊裡的建築雅致可愛，顏色柔和，牆上有著細膩的壁畫，整點時小鎮裡傳來教堂的鐘聲，一片清亮祥和。旅行多日，老姜身體早已疲憊不堪，但心情倒是被這小鎮裡的歡快氣氛所點亮。「原來美國也有這種假的國外，臺灣的複製風果真跟上世界的潮流。」老姜讚賞。

多數的團員都接受了導遊的介紹，來到同一家德國餐廳。坐在老姜隔壁桌的年輕香港夫婦卻在點餐時吵個不休。女方要吃昂貴的德國豬腳：「來都來了，當然要吃這裡的特色。」

男方拒絕：「這價格可以吃兩頓其他的餐。況且這裡又不是真的德國，為什麼要花大錢吃假的豬腳？」

此話一出，女方翻臉了：「蜜月旅行居然對新婚妻子這麼窮酸吝嗇，以後還有指望嗎？」你來我往，各不相讓。

老姜聽著聽著，不畏槍林彈雨，轉身微笑：「依我看啊，還是點德國豬腳。」兩人吵架吵到他人介入，自感尷尬，不敢多說什麼。老姜見這情勢，估計這對夫妻還算溫和，他自己是不會有危險了，便趁機再說一句：「我現在啊，想要幫老婆點德國豬腳，都做不到囉。她死了呢。」

女人先是眼眶泛紅，尷尬地低下頭，男人則捏捏她的手臂示好，他們於是照著老姜的建議點了豬腳，還加點了紅酒。

伊莎貝拉不知老姜施了什麼魔法，為何兩人忽然語氣溫和，老姜據實以告。伊莎貝拉馬上讚美起老姜：「Good husband.」她告訴老姜，若是她的前夫，絕對不會在錢的事情上退讓。她說她最想問前夫的問題就是：「到底你愛錢還是愛我比較多呢？」但光想也知道答案是什麼。

「Glad we are separated, so I can see the world.」伊莎貝拉說這句話的時候，眼神有光。那不是自憐的淚光，而是篤定地喜愛獨自生活、具有信心和幸福的穩健光芒。老姜替她開心，點了一杯紅酒贈她。美西海岸之旅結束後，伊莎貝拉將往大峽谷前進，她的旅行還好長好長，沒有誰阻擋得了她。

旅程的壓軸是出名的雷尼爾雪山，誰也沒想到長年冰封的雪山底下，竟然是座隨時會噴發的活火山。夏季的時候，名為「天堂」的景點步道開滿了各種奇花異草。在老姜的眼中，這些花草的形狀顏色都極其詭異。紫色鈴鐺花像被尖銳的針所串起，紅到幾乎出血的花則長著千百個完全相同的花瓣，鮮黃星芒狀的碎花則像寄生蟲般爬滿了草皮。在寶藍色的天空下，雪山與滿地的五彩鮮花就像個離奇的夢境。

老姜沉溺在欣賞路邊野花，沒注意到身邊伊莎貝拉的轉變。雪山天氣涼寒，即便是盛夏，沒有太陽的地方也會冷到刺骨。他一路往山頂走，氣溫便越降越低。一回神，伊莎貝拉已經凍壞，雙唇都是紫色的，在雪山的映襯下，伊莎貝拉原本翡翠綠的眼睛卻從綠色轉為深褐色。要不，就往回走吧。雪山到山下也是能看。畢竟越是往山裡走，就越看不清楚山的全貌。

回到遊客中心以後，伊莎貝拉立即衝去火爐旁取暖。而老姜終於想起得買幾個冰箱磁鐵留作紀念，便匆匆往禮品店裡走去。伊莎貝拉忽然回頭大喊了老姜：「Hey! It was nice to travel with you.」

在人來人往的大廳裡，老姜倏地臉紅，這幹什麼啊真是。他也回頭揮揮手大喊：「Right, right. It is nice, nice.」哎，改不了了，他這一輩子大概每個字都會說兩次了。

集合時間到了，老姜與其他的乘客都在車上等著。買完磁鐵的老姜在遊客中心找不到伊莎貝拉，又不方便在女廁前等著，想著她應該已經回車上，便自己一人回來了，只是沒想到車上也不見她的蹤影。

導遊開始清點人數：「一、二、三、四……好，全員到齊。來，司機，可以發車了。」老姜見狀馬上阻止：「等等，伊莎貝拉還沒上車耶！」

「你說誰？」

「伊莎貝拉啊，那個法國小姐。」

「什麼時候我們有法國小姐？」導遊笑開了。

「你嘛幫幫忙，我們都玩了十幾天了，你還不知道伊莎貝拉？」

導遊和老姜同時感到困惑，雞同鴨講，各自聽不懂對方在說什麼。導遊問起其他的遊客：「有人看過什麼叫伊莎貝拉的小姐嗎？」

沒有人。

老姜開始冒汗，怎麼可能？還是他坐錯車了？導遊是同一個，身邊的乘客也是相同的，他感到混亂不已，雙腳酥麻，又開始有種踩不到地，無重力飄浮的感覺。他衝下車，跑回遊客中心禮物店，用他破爛的英文焦急地喊著伊莎貝拉。

沒有人回應。

遊覽車上的其他遊客開始躁動，一開始還覺得好笑逗趣，隨著時間一分一秒地過了，有些人還要趕晚上的飛機，有些人累了想回旅館休息。導遊再也容不得他的怪異行為：「姜先生，你若不想走，那我們就留你在這兒了喔。」

老姜滿臉痛苦，不斷搔頭，不知如何是好？中午在德國餐廳吵架的香港太太站了起來，對著導遊說：「給他一點時間。他妻子才過世不久。」

她走到老姜的身邊說：「姜先生，你是不是想念妻子了？不管怎樣，路還是要走，人生還是要過，你準備一下，十分鐘後我們就要回去了。」她拍拍他的肩，遞給他一瓶水。

老姜坐在停車場旁的石頭上，抬頭一望就是雪山全景。聽說這雪終年不化，夏天也是，冬天更是。他真高興伊莎貝拉陪著他看雪，但伊莎貝拉有她自己的旅程。她還會去大峽谷、去日本關西、去她想去的地方。他想像她長出了透明翅膀，從那片被燒得焦黑的森林裡，優雅地起飛。

「Have a nice trip！一路順風！」

他閉上眼，看見自己站在焚燒爐旁，對著即將啟程的太太悄悄地說。

畢業旅行

六月好不容易靠了藥物才睡著，但天剛微亮，她就聽見鄰床發出窸窸窣窣的聲音。六月睜開眼，發現何莉站在床邊翻找著行李袋中的衣物。光線微弱，何莉把每件衣服都拿到眼前確認，花了一段時間才找到合適的衣服。接著，何莉躡手躡腳地走到了床尾，轉身背對著六月把長睡衣脫下，全身赤裸地站在房間的中央。

灰紫色的晨光透過白色蕾絲窗簾，均勻地鋪灑在室內。在朦朧的清晨裡，何莉的身體宛若燕子的剪影，既單薄又脆弱，彷彿輕輕一揉就會碎成粉末。

六月上一次看見何莉赤裸的身體是十年前了，那時候她也是這樣纖細：手腳筆直如義大利麵條，腹部扁平如缺少內臟，胸部尖如兩顆大蒜。「妳要吃胖點才有女人味。」六月記得常常跟她這樣說：「不然，將來男朋友要摸哪裡啊？」但最後，還是何莉先交了男朋友，甚至大學一畢業就結了婚。

生了小孩以後的何莉，身材居然沒有太大變化。中年女子竟保持著未發育少女的身體，簡直不可思議。六月忍不住摸摸自己的肚子，將手指圈成個橡皮筋，狠狠地勒緊那一圈多出來的肥油。她幻想剪掉它，要不然就燒掉它。想著想著，似乎還能聽見肉在烤盤上發出的滋滋聲響，聞見那淡淡焦香。

突然冷不防地，何莉轉頭往六月的方向看了一眼，六月馬上閉起眼睛，保持僵硬不動。直到聽見何莉打開房門、房門又沉沉闔上的聲音以後，六月才緩緩張開雙眼。

哎，天都快亮了。

這趟旅行是六月提議的。這幾年六月真是累壞了。大學一畢業就在雜誌社工作，然後跳槽到知名的國際雜誌社，熬了十幾年終於晉升到了副編輯的位置。這一路上，六月可是步步為營、戰戰兢兢。忙碌的她晚上常有交際活動與應酬餐會，這讓曾經外型姣好苗條的她承受了不少職業傷害，身形日漸圓潤起來。那套狠下心來買下，犒賞自己辛苦工作的三宅一生洋裝，本來流線感十足的百褶經典布料，竟再也無法如瀑布般垂墜出俐落乾淨的直線，而在她的肚腩前浮出一個葫蘆形狀，不管拿來收妖或是納福似乎都兩相宜。六月氣得將其丟進回收桶。隔日不捨，又撿起來，這趟旅行拿來送給買不起這種高級衣服的好友何莉。

何莉不只是六月的大學同學，還是同寢室友。以前何莉成天在宿舍裡看書，是足不出戶的書蟲。要不是六月帶她參加餐會、舞會、聯誼，何莉根本沒有機會見見世面。就算大學畢業這麼多年了，六月還是放心不下這個不諳世事的老友，時時打電話約她出來吃上好的日本料理、帶著她做光雕指甲。即使六月事業有成、身邊不乏巴結奉承的人，她還是最喜歡跟這個語言始終不懂修飾、質樸到讓人驚訝的老友相處。在她面前，六月不用再擔心自己不夠優秀、做得不夠好、得不到關注。她只要專心做自己就好。

「我們去旅行吧。我出錢。」六月豪氣邀約。

「不行，那傑森怎麼辦？」何莉放心不下她五歲的兒子。

「李爾不能幫忙帶個幾天嗎？」

「怎麼可能呢，李爾怎麼懂帶小孩？」

六月知道要把母親與學齡前的小孩分開幾天是比登天還難的事，但她這趟旅行是來休息放鬆的，不是來當奶媽的，所以始終不想提出把小孩也一起帶來的建議。

「不然，把李爾也邀來吧。我也很久沒看見他了。」六月說。

電話裡先是一陣沉默，何莉接著先出了聲：「好吧，我把傑森給我媽帶幾天。李爾太忙了。」

果然是這樣，每次只要說到李爾，何莉就會匆匆地迴避。六月覺得自己還是了解這個心思簡單的老朋友，知道她最不喜歡和人分享這個老公，彷彿李爾是小狗從垃圾場挖出來的雞腿骨，珍貴到給人看一眼都不行。

也不想想妳朋友是誰，誰會希罕這種個性無趣、長相平淡的工程師呢？六月心裡偷笑著。

不過這三天兩夜的旅行，何莉卻像把這整個家搬來：一個行李裝三天份的衣物，另一個巨大的尼龍提袋裡卻裝了個綠漆都掉了一半的象印牌熱水壺、老舊的枕頭、小湯鍋和電磁爐。走路的時候鍋碗瓢盆互相撞擊，發出引人注目的聲響，宛若戰時逃難。

「小姐，你帶這些做什麼？我們去的是海邊高級度假村耶。」

「不是，旅館有熱水喝嗎？不是都要用咖啡壺燒嗎？那個不好，有咖啡味。自己煮的比較好。」

「枕頭呢？」

「我怕我睡不著，旅館的枕頭都太扁太軟了。」

「湯鍋和電子爐？」六月壓著聲音，怕她自己因為感到荒謬而控制不住逐漸變大的說話音量。

「煮泡麵啊。半夜餓了怎麼辦？」

「Room service，room service，妳沒用過嗎？」

「但半夜的話，我只想吃泡麵耶。旅館員工會幫我們煮麵嗎？」

「哎，我的天。」

其實六月心裡是樂的，這對話講給同事聽不知道可以笑幾天。帶這些東西就罷了，唯獨何莉每天早上六點起來冥想、做瑜伽這個習慣萬萬不可。

「可不可以不要當村上春樹小說裡早上跳健身操的室友？」

「但冥想和瑜伽沒有聲音耶。」

「天都還沒亮，有人在房裡走來走去會嚇死我。」

「好吧，那我去海邊做。」

「只要不在房裡，其他隨便妳。」

現在六點不到，何莉已經著裝完畢，離開了房間，留下了六月一個人。六月想睡也無法再睡著了，她百無聊賴地在房間裡漫步著。睡眠不足腦袋腫脹，但這樣輕飄飄的腫脹感也不是今天才有，這幾年都是這樣氣血不足。

身為文化界裡重要的代表人物，每當六月和不同作家宴會完，回家常常都已是深夜。只是才離開高級餐廳，計程車一抵達家門，肚子便又不爭氣地覺得餓了。這時，巷口的便利商店總是盡責地安撫她的胃，從而安定她的心。她能想到最浪漫的事不是和誰一起慢慢變老，而是幸好有這家店與她一起守夜。一盤中華涼麵一杯冰豆漿，份量適中、口味清淡，想必夜深疲累的胃囊不會察覺有外物侵入。再說，清晨時一大杯溫水加蜂蜜，昨夜的各種荒唐事也就會在半小時後老老實實地排了出來。這還是六月從女明星的訪問中學到的。

進去多少，本該按照質量守恆定律泄出來多少。誰知道長年下來，她的肚子、她的手臂、她的下巴，還是偷偷藏了每晚與涼麵豆漿溫存的證據。這些無法泯滅、也無法拿去銷帳的脂肪，最終還是坐實了她中年肥胖的症狀。

最無法自欺欺人的初老症狀還是她對工作消退的熱情和創意。有些工作能熟能生巧，諸如報告、開會、訪問、餐會，這些不需要花太多腦力，按照流程就能一步步完成。但每個月提專題企劃的時候，六月便感覺到自己的衰老遲鈍。剛入行的那幾年，不管在會議上提什麼案子，眾人都覺得新鮮有趣。但現在，不管說什麼，願意跟著唱和的人還是逐漸變少了。「六月姊說得沒錯，但我們現在很少關注那個了。」那幾個剛升上來的騷包後輩總是這樣說。豬哥主編瞇著眼、笑吟吟地回：「不然妳們現在年輕人都玩什麼東西啊？教教我，我人老心不老。」

真正沒老的是何莉。奇怪，怎麼會這麼緊實，一點贅肉都沒有？六月覺得納悶。但想想也不奇怪，孩子都五歲了，送去幼兒園以後，她就有大把的時間去健身房（而不是一個月花了上萬元會費，卻去不到兩次）、去做什麼空氣瑜伽（而不是連彎腰綁個鞋帶都會閃到腰）。六月深刻地感受到人生的不公平，忍不住嘆了口氣：「要是我有那些美國時間，我也能當個瘦子。」

六月拉開旅館窗簾，眼前是沐浴在晨光裡寬闊無垠的蔚藍海洋。她對著大海吸氣又吐氣，覺得胸口的悶滯之氣終於散開，而旅行帶來的豐沛正能量隨著納百川、容萬物的海洋浪潮湧進她的身體裡。即使隔得遙遠，六月還是能辨識出綁著高馬尾的何莉正對著大海擺出了個亭亭玉立的「樹式」。嗯，這是一棵有腰身的樹。

六月對著大海，誠摯地吐出四字箴言。

「瘦子，去死。」

旅館附近最著名的景點是個燈塔，兩人吃完早飯就步行前去。一早運動完的何莉神清氣爽，興奮地拿著小相機走在前頭，整條路上對著相機自言自語，六月則覺得頭暈目眩，早知道就待在旅館裡，享受 spa 精油按摩。看著眼前這個精力旺盛的女人，六月疑惑：曾幾何時，這個一直被時代遺忘的太太，竟然也跟上潮流了？

「妳不是家庭主婦嗎？妳錄這個幹麼啊？」

「我有自己的頻道啊。難得出來玩，拍一些影片來用。」

「有人會看這些東西？」

「有一萬多人訂閱呢。」

六月覺得這回答裡有炫耀的意味，免不了再次覺得何莉的天真可愛。家庭主婦之間的互相扶持是十分重要的，要不然怎麼忍受得了成天待在家裡做家事的無力感、以及與世界脫節的挫敗感。

「都是家庭主婦看吧。」六月推論。

「不是，也有像妳這樣的人。」何莉說。

「我這樣的人，我這樣是怎樣的人呢？」六月問。

何莉不禁偷偷竊笑著，故意把步伐拉大，兩人的距離瞬間被拉開。

「不說話是什麼意思？哎，把話說清楚。」六月只好邁開腳步，在沙丘上小跑步。

六月想起曾有個大學同學對她們說過：「妳們兩個，就像生來是一對的。一個是紅玫瑰，一個是白玫瑰。一個是蚊子血，一個是硃砂痣。」

「紅玫瑰白玫瑰那邊還可以。」六月說：「但誰是蚊子血，誰是硃砂痣？」

「自己想囉。」同學留下這句話就快速走掉，六月忍不住追過去。

「別追了。這麼明顯，還用說嗎？」在旁邊的何莉說。

「妳怎麼可能安於當牆上的蚊子血？」何莉繼續說。

「也是。」六月說。

但像我這樣的人，是怎樣的人呢？當個硃砂痣，或是當抹蚊子血又是什麼意思呢？

六月知道何莉只是開玩笑，但這意味不明的玩笑話卻在六月的心裡釀起了風暴。她氣喘吁吁地沿著燈塔裡螺旋狀的階梯往上爬，一邊想著這句話的言外之意。她盯著眼前這雙以同樣速率往上遞進的細瘦小腿肚，像是電力充沛的機械芭比，一步一步走向光的所在。

「何莉，走這麼快妳不累嗎？」

「妳都忘了，我家住在公寓五樓，還沒有電梯。」

六月想起何莉那間一到夏天就宛如悶燒鍋的頂樓舊公寓，只去過一次，身體就記得那熱到全身上下毛孔都噴發水蒸氣的恐怖感，從此嚇到不敢再去。六月因此也謹記著千萬不要邀請何莉來自己的新家。在計程車上就可遙控冷氣開關、面對無敵河景的人工智慧豪華住宅，其舒適奢華度恐怕會讓何莉對人生產生懷疑。

「不然，我讓妳拉著吧。這樣妳輕鬆一點。」何莉說。

何莉走在前頭，六月在後面拉著她的手，就像媽媽拖著個任性的孩子，一步步往上爬。六月不是真的走不動，但藉著別人的力，果然輕鬆許多。

聰明的人都懂得借力使力。

當年在學校，六月的學業表現並不出色，但她卻是全系畢業生裡最早找到理想工作的。大家雖感到驚訝，但也不到意外的地步。「六月是個厲害的人。」大家都這麼說著。但到底哪裡厲害，卻說不上來。

何莉倒是相反。她書看得最多，理解得也最深。即使不熱衷準備考試，但寫起她有興趣的研究報告來，總是能寫出頗具創見的內容來。改到這些成熟報告的老師們總感到格外驚喜，但看著這陌生的名字，卻實在想不起這位同學的臉。何莉即使拿到了很高的分數，但也就是這樣了，分數不是她想要的，但她也不知道自己還多想要什麼東西。

所以那年，當六月把何莉的報告充當自己的，找上與雜誌社關係良好的教授，因而獲得在雜誌社實習的機會時，六月也不曾產生愧疚的情緒。就算何莉拿著她自己寫的報告進到了雜誌社，也不可能懂得應對雜誌社裡複雜的人事關係，到時候也只能是竹籃打水一場空。實習結束後，與同事相處和樂的六月被正式聘用。只要給六月機會，她就有能力把這入場券兌換成更大的成功。這兩人的差異，六月與何莉自己都十分明白。

因此，六月根本也不算借力使力，她始終認為，這不過是把他人不知如何使用的東西，拿來廢物利用而已。

現在六月搭著何莉的手，她更感受到這老同學經歷的滄桑。何莉的手掌厚實而粗糙，必然是每天都勞動於家事使然。六月不禁心生憐惜，這手，曾經能寫出讓世界驚豔的文字，可是現在做的事卻這麼微小、薄弱。就算能燒得一桌好菜，餵飽了丈夫孩子，又有誰看得到呢？這種吃力不討好的事，有女性意識的人還會願意做嗎？不過，當初若是何莉拿著自己寫的文章去雜誌社工作，今天的何莉又是什麼樣子呢？六月甩甩頭不再去想，她堅信何莉不會比她做得更好。

抵達燈塔頂端時，何莉拉著六月的手掌已經溼透了，六月則揉著幾乎抽筋的小腿，四面八方吹來的大風將她們的頭髮打散，兩人皆顯得有些狼狽。

「明明就是來度假放鬆，怎麼變成行軍了？」六月說。

「妳需要多一點運動。」

「呦，貴婦說話了。我哪有妳這麼好命有人養著？我可是勞碌命，分分秒秒都為了生存而打拚啊。」

在燈塔頂端可以看見整個小鎮的海岸線，弧狀的珍珠白沙灘延伸到視線的盡頭。不遠處是成群的大型度假飯店，其中那間有著囂張的帆船造型、每個陽臺都像扇狀貝殼的就是她們下塌的五星級度假飯店。燈塔近處則是畫著整齊格紋的街道、維多利亞風格的舊式木造小屋、屋旁盡是如花椰菜般蓬鬆茂盛的路樹。

當初六月去建商看房時，也曾這樣由上而下俯視著建商展示的房屋模型。居高臨下的感覺曾經讓她感到全身暢快，神清氣爽，彷彿這棟新古典巴洛克維也納建築——六月並沒有發現這些詞彙之間的衝突——就是她女王努力工作幾年打下的江山。議價結束後，她整理了一下情緒，對著銷售小姐說：「B棟十一樓，我買了。」

麥克風大力傳播著B棟十一樓售出的消息，鼎盛的歡呼聲與奧斯卡頒獎般的華麗配音交融在一起，在挑高五米的大廳迴盪著。

眾人拍手喝采，六月含笑示意。

眾人所不知道的是，六月曾趁沒人注意的時候，偷偷拔下一棵展示的假樹當作紀念。在被透明塑膠片圍起來的建築模型區裡，那棵狀如花椰菜般小巧可愛的的塑膠樹就插在B棟車道旁邊。六月把毛茸茸的假樹快速抽起，塞進口袋。即使沒有人會發現，六月的心臟還是劇烈地跳動。她用手指不斷揉搓著口袋裡的樹叢，菜瓜布一樣粗糙的質地把她的指腹刮得又刺又麻。這痛感正好提醒著六月：「我是靠著自己的力量一步步買下這間房子的，我要永遠、永遠以此為傲。」

但曾幾何時，六月厭倦了站在高處的感覺。高處不只不勝寒，更讓人感到搖搖欲墜，彷彿一不留意就會摔得粉身碎骨。站在燈塔上，大風吹打著六月的臉頰，鬆弛的腮幫肉隨著風力而震動著，震久了連頭腦都有些昏厥。每當六月出現頭暈目眩的症狀，她就想抓住什麼讓自己穩住。就像溺水的人，得抓住身邊的浮木，用力把它壓下去，才能探出頭來呼吸。六月左右張望，現在身邊也只有何莉了。

「何莉啊，」六月轉頭看著何莉：「妳這麼年輕就結婚生子，難道不後悔嗎？」

何莉用手壓住飛散的瀏海，思考了一下才說：「雖然有很累的時候，但並不後悔。」

「現在只有我們兩個，妳就誠實說吧。再給妳選一次，妳會選一樣的路嗎？」

「有其他的路可以選嗎？妳呢？妳滿意現在的人生嗎？」

六月與何莉各自倚著欄杆托著腮。一隻巨鷹在空中盤旋，不時飛近燈塔挑釁，惹得遊客們驚呼。太陽此時已經爬升到了天空的正中央，把湛藍的大海和珍珠白沙灘照得刺目難耐。她們兩人都不得不瞇眼皺眉，彷彿眼前的風景有多麼不堪似的。

「當然，這還用說嗎？」六月說。

這世界上或許沒有人可以比六月還滿意自己的人生了，尤其在老朋友何莉面前，她更不需要謙虛客套。六月認為能靠著她自己的力量活著，絕對比在情感上和在經濟上依賴著他人，來得有尊嚴多了。

「沒有其他的路比現在的更好了。」六月說。

「是吧，我們終究都會變成現在這個樣子。」何莉應和著。

六月以為何莉至少會抱怨愛生病的孩子、抱怨沒有情調的老公、抱怨悶熱的公寓、廚房冰箱、塞滿臭衣服的洗衣機、壞掉的拖把、還有寄生在陽臺冷氣上的那窩臭鴿子。

但何莉居然沒有，她為何沒有？

何莉在六月面前是否也變得不老實了？六月為此稍微心生不快。六月獨自走到沒人的地方，從燈塔看臺的鐵窗縫隙往下看。地面上的人都只有螻蟻般微小：幾個人繞成個圈在停車場聊天，戴著草帽排成兩行隊伍的孩子正走向燈塔，一群人圍著穿婚紗西裝的新人在廢船前拍照。

六月只恨自己手不夠長，如果再長一點，就可以伸出拇指來把這些人捻爛。

六月也不是時時刻刻都滿意現在的生活，總還是有那些讓她突然感到淒涼的時候，但那些時刻總是來得快，去得更快，六月把它稱之為現代女性的心魔。比如說用抹布包住罐頭瓶蓋，也始終打不開瓶蓋的時候；飯局結束得太晚，同事的先生開車來接她們回家的時候；又比如騷包後輩提的愚蠢意見，被總編輯讚賞並且採納的時候。這些時刻，心魔就會來遮蔽她通透的雙眼，讓她想起工具人阿南。阿南是中規中矩的工程師，做什麼事去哪裡吃什麼菜通通都不會有意見，他只想緊緊跟在六月身後像隻忠實的牧羊犬，要他出現就出現，要他消失就消失。阿南仰慕六月的外表、更仰慕六月永遠知道自己要什麼的樣子。但除了提供照顧，在他身上幾乎沒有其他魅力的阿南，還是讓六月感到煩膩了。她寧願養條狗，也不要身邊有這樣一個雞肋般食之無味的人。更何況，六月連狗都懶得養。

小卓相反，是六月的心頭恨。小卓才華洋溢，是六月公司的出版社簽下的年輕作家。六月訪問了幾次，兩人就好了起來。小卓思考敏捷銳利，六月為了跟上他的思想，頭腦常運轉得很辛苦，但六月卻死心踏地，為了他難得充實自己到處上課聽講座：自由書寫、生活裡的哲學，連品酒調酒都上了。只可惜一段時間後，小卓便發現六月似乎沒有什麼獨特的想法，說的總是流行的字，別人的話，更讀不懂他的書。小卓一開始挖得很深的話題，總得不斷淺化再淺化，六月才能接得上。「奇怪，妳到底是怎麼當上雜誌社副編輯的？」那日他不小心把不該說的話說了出來。六月把他的提包、手機、褪下的牛仔褲都從她的河景大樓往外撒，像禮炮拉開後四散的彩帶散落在人行道上。她在窗臺對著在人行道上穿著內褲，像隻麻雀般大腿併攏跳躍著的男人大喊：「什麼混帳東西，沒有我推薦，你哪能出版那連鬼都不想看的書？」

從此六月不需要男人，尤其是這種自以為是、過河拆橋的男人。

六月可以不要有男人。但六月需要女人。女人的支持、女人的景仰、女人的溺愛。當然，六月還沒有墮落到需要公司裡實習妹妹的崇拜才有生活動力的地步。涉世未深的女孩總是對還沒經歷過的事情大驚小怪，六月的一舉一動因而輕易地勾起她們的羨慕。

這被崇拜的感覺初時像啜飲蜜茶，讓人全身舒暢，但久了卻像溺在糖漿裡，侵蝕著六月的眼光和能力。六月希望陪在身邊的是這樣的女人——最好眼光如切割鑽石的雷射光般尖銳、細膩，才能將六月的好與壞都看得剔透，看得準確，因而讓六月重新明白自己的價值。一向溫暖成熟的女性主管在離職前跟六月說過：「妳要記得自己是隻黑馬，路途越長，妳越耐得住。」六月感動不已，只有見識廣的人才看得出六月真正的實力，也才能說出能完全服貼在六月心上的話。只是，不知怎麼這些年來，在六月身邊的人越來越少了，再也沒人能真的和六月說上幾句心裡話。最後，一直未離開六月的女人也只剩下何莉了。

六月和何莉來到了濱海小鎮上的一家二手商品店。店門旁的玻璃窗前擺滿了各種造型的玻璃舊瓶——星狀的、細頸的、圓腹的；鳶尾花般鮮紫的，如新芽般淡綠的，或是如冬季蒼穹般暗灰的。從窗外折射進來的光線在這些五顏六色的玻璃瓶裡迷失了方向，最後魯莽地在白牆上撞出了幾道歪曲的彩虹。六月回頭看了一臉何莉，她正凝視著牆上的那幾道光影，為了這個發現而感到有些雀躍的何莉，也正準備伸手拉住六月。

「我老早就看到了，很像我們以前宿舍的那面牆。」六月說。

「是啊，從前我在窗前擺的玻璃瓶，也是這樣折射出光線。妳還嫌這會干擾妳白天睡覺呢。」

「是嗎？我這麼沒有雅趣啊？」

「不只這件事。我記得妳根本不愛看書。在寢室裡一年到頭沒看過妳打開半本書。」

「哈，同學妳怎麼還是不明白？書不能給妳好的生活，帶妳去妳想去的地方。妳看妳自己，看那麼多書，結果把自己看傻了，竟然跑去結婚生子。」

店的牆角擺著一臺不知從哪兒收購來的留聲機，表面的老舊木紋雖有刮損，卻多了點溫潤的年代感。金屬喇叭的造型如百合花般舒放，悠悠地播放著貓王的老歌。

「你今晚寂寞嗎？」貓王唱著。

六月回答了貓王的提問：「不寂寞。今晚有我的老友相伴。」

「妳呢？今晚沒有李爾，沒有傑森，會寂寞嗎？」六月不忘緊接著問何莉。

「也不寂寞。好不容易有一點自由的空間，拿來寂寞就浪費了。」

六月滿足一笑。終於，這還像點人話。身邊沒有老公小孩的何莉，終於和六月一樣，是獨自綻放的個體。六月認為唯有把老公、兒子之類附加的人物都剔除，她們才能平等交流，說出不會跟別人分享的私密話，並且像兩個成熟的女人好好專心地陪伴對方，與彼此誠實地細數生活裡的好與壞。

就像當年一樣。

當年六月得到這份雜誌社的工作，最想通知的人就是何莉。她興沖沖地趕回宿舍和何莉分享這個好消息。何莉從她的書堆中抬起頭，把尾端綁著流蘇的書籤夾進書裡，接著大力闔起手上的書，震出的氣流讓她的瀏海往兩側翻飛。

「妳說什麼？哪個雜誌社錄取妳了？」何莉從書架上抽起一本雜誌。

放眼望去，何莉的書桌旁的書架收集了整套文學雜誌，雜誌上的數字從創刊號延續到最新的六十九號，整整齊齊地排出了讓人敬畏的長隊伍。

「真的是這家雜誌社？」何莉揮動了手上的雜誌，不可置信地再問了一次。

「是啊。妳最喜歡的。」六月說。

六月走向何莉，替她理了下瀏海：「這不是很好嗎？我幫妳完成妳想做的事，將來我在這個領域發展得好了，也會是妳的成功。別忘了，我們終究是一體的。我的就是妳的。」

六月記得，那天宿舍的窗灑進了大片的午後陽光，像是預示著六月光明璀璨的未來。站在背光處的何莉，黑影雖掩蓋住了臉上的表情，但在光影的切割下，臉龐輪廓卻顯得格外堅硬、皮膚表面如滿布鵝卵石的崎嶇沙地，凹凸不平。正值青春年歲的何莉，竟然沒有少女的光潤感，反呈現著長期營養不良、受盡生活磨難的憔悴模樣。六月不免打從內心憐惜這個孱弱的小生物。

「去，把我桌上那罐遮瑕拿去擦一擦，姊姊我晚上帶妳去好好喝一杯慶祝。」

面向夜晚的海洋與沙灘，六月與何莉各自坐在旅館陽臺的雙人躺椅上。

六月透過旅館請了到房服務的專業芳療師，以神乎其技的按摩法將兩人全身上下的經絡都鬆開了。現在，血氣暢通、滿臉紅潤的兩人，各自披著浴袍，對飲著六月特地請飯店送來的一瓶水晶香檳。遠處的海浪轟隆隆地襲來，對著她們獻出滾邊蕾絲花浪紋當信物，只可惜微醺的兩人皆忽視了海浪的心意，興沖沖湧來的浪只好又怯生生地退回去。六月突然情感豐沛了起來，溫柔地問起她身邊唯一的好友：

「何莉，我們認識幾年了？」

「嗯，算不清了。」

「這樣是幾年了啊？從青春無知的少女到大腹便便的中年，我們似乎一直混在一起呢。」六月感嘆地說。

「是啊，但到底是什麼讓我們湊在一塊的呢？」

「妳還不明白嗎？」六月問。

「不明白，我們明明差這麼多。」

「是因為我們需要彼此啊。沒有我，妳怎麼辦？妳想過嗎？」六月問。

何莉似乎認真地陷入了沉思，過了很久才好不容易出聲。

「六月啊。」

「嗯。」

「其實妳真的一點都沒有變呢。」何莉把酒杯裡剩下的酒都倒入口中繼續說：

「我們真的需要彼此嗎？妳沒有我，妳還是會過得好好的，不是嗎？同樣的，我沒有妳……」

何莉停止不言，但未說的話已經跟著酒氣彌漫在空中。

「妳沒有我，妳現在也不能在這裡，喝上好的香檳。」六月氣得撇過她的頭。奇怪，為什麼人們老是無法在對的時間說對的話，硬是要破壞氣氛，六月無法原諒何莉。

寂靜的黑夜倏地掉了下來，沉沉地壓在兩人身上。海浪見苗頭不對，似乎也不再發出惹人注意的浪淘聲，只好靜靜地在沙灘周圍溜達。眼前無盡的黑幕裡，從此只剩下沙子流動的細碎聲音。

那一晚，六月早早就塞進了被窩裡。她聽見何莉先是和傑森說了一堆無意義的幼稚話，唱著五音不全的晚安曲。接著又聽見何莉輕聲細語地跟李爾撒嬌，不斷重複著：「好，我會小心的。」「好，太陽很大，我會多喝水。」這些話。這男人是控制狂嗎？真把她太太當成小孩嗎？明天這趟旅行回去，何莉就會回到那個像悶燒鍋般的家，當一個平凡無成就感的家庭主婦，被丈夫控制著吃穿用度，但每日仍把這些繁瑣無意義的生活當成小確幸。對，這樣的生活最適合她。

「妳先生難道怕我吃了妳不成？」等何莉掛上電話，六月忍不住一邊翻身，一邊抱怨。

「六月，我們都必須長大了。」

這是當晚兩人之間的最後一句話。

隔天清晨，整個世界仍沉浸在朦朧紫灰的霧氣裡，六月與何莉卻已經在樹林裡了。

這座在海邊的大片防風林，因迎向海風的緣故，單調的樹木覆蓋了整片沙丘。這些樹木都有著同樣細瘦的象灰色樹幹、微小的鋸齒狀墨綠葉子。強大的海風阻止樹木長出厚實的綠蔭，因此樹葉之間存在大片疏離的空隙。若站在樹下往上瞧，仍可以看見排成隊伍的飛鳥劃過晴朗無雲的天空。這座廣大的樹林又被附近的居民戲稱為「潛意識之林」，進入樹林的遊客不管走到哪，看見的都是同樣的樹種、不知通往何處的木棧道、仰看則是無盡的天空。這些極其無趣而重複的環境引領遊客進入了催眠狀態，許多人因而鬼打牆般在原地繞圈找不到出路，最後便困在這片樹林裡，走投無路。居民們曾請當地政府花點經費做路標，卻不知為何，這提案一直被擱置著。於是熱心居民只好組成巡視隊，一天一班巡邏，常常在天黑之前找到幾個跌坐在地的絕望遊客，他們早被陽光晒得全身脫水、腦袋發暈、意識迷離，見人便激動哭喊，把人生中犯過的各種罪狀都傾吐出來。

清晨的時候何莉本想自己來散散步，誰知道才剛起床，六月也跟著跳下床。兩人一句話都沒說，各自整理自己的背包後，便一前一後地走進了這座防風林。

何莉腳程快，六月本就跟得吃力。今早的何莉似乎走得又更快了，她的前腳掌似乎還沒著地，後腳馬上又跨出，其行進速度之快讓人懷疑她根本就飄浮在空中，交換的腳步只是個幌子。但今天的六月與往常不同，她卯足了勁，以三步之遙緊跟在何莉後頭。

六月的呼吸變得越來越急促，除了腳步聲以外，六月不想要發出任何聲音，她的上排牙齒緊緊咬著下唇，就像夾住膀胱的雙腿極力忍住尿意一樣，深怕只要露出任何縫隙，她身體裡那些不可見人的東西就會洩了一地，讓何莉笑話去。

走了好一陣子，何莉終於回頭看了一眼六月，她竟然真抿著嘴笑了。

「妳笑什麼呢？」六月說。

「妳可真會撐。」何莉回答。

「妳儘管走吧，我跟得上。」

「哎，我可快走不動了。咱們還是回去吧。」何莉說。「只是，妳記得往哪個方向走嗎？」

整條路上都只緊盯著何莉腳步，絲毫沒注意周遭環境的六月搖搖頭。

何莉與六月的手機都沒有訊號，無法辨別所在地。她們繼續靠著直覺胡亂往前走，周遭的樹林颯颯地隨著風發出了吆喝之聲。六月也顧不得一切，任滿身臭汗奔流，如牛隻大聲喘息。六月被這重複的景色搞得心慌，但往何莉瞧去，她卻始終掛著一絲淺淺的微笑。

此時，陽光已經透過了樹梢，火辣辣地照在她們的臉頰。

「往太陽那個方向走應該就是東邊嗎？東邊是我們要去的方向吧？」六月說。

「但這棧道是否是圓形的呢？總覺得我們不斷在原地繞圈。」何莉想了一想又說：「不如這樣吧。妳先留在原地不動，我繼續往前走，如果是圓的，我就一定會再遇見妳。」

「也只能先這樣了。」六月說。

六月坐在地上，耐心地等待何莉回來。

她百無聊賴地把背包裡的東西都攤在地上。沒有訊號的手機、一件薄外套、旅館的磁卡、駕照、信用卡、家裡的鑰匙、一盒薄荷糖、以及剩下不到兩百毫升的礦泉水。她控制自己一次只能喝三秒鐘水，薄荷糖每半小時只能吃一顆，而且只能含住不能咬碎。

她盤算著等到自己出了這片林子，就要寫一篇文章報導這座樹林的危險與有關單位的缺失，這樣的獨家文章應該能幫她在雜誌社裡贏回不少地位。

突然一聲乍響，六月身邊的樹林傳來了高分貝蟲鳴，按著規律節奏發聲，但不久後又停止。這樣反反覆覆了好幾個輪迴，所有的蟲便安靜下來，不再有任何聲響。

六月緩緩地站起，地面散發的熱氣讓她頭暈目眩。氣溫不斷在升高，六月的額頭已經冒出了一排汗珠。剛用手抹掉，身體的熱氣又重新凝聚勢力，在原處冒起新的一排汗珠。

太安靜了。不只蟲鳴消失，風也跟著完全靜止。圍繞在六月身邊的葉子，全數以一種靜定的姿勢凝視著六月。

「妳覺得她還會回來嗎？」葉子們異口同聲地問。

「會的，當然會的。」六月回答。

六月想起何莉離去時轉頭對她笑的樣子，那麼清麗秀氣，彷彿這十幾年的歲月，都不曾在她身上留下任何痕跡。而那笑容中所透出的親和與善良，更意味著她是如此信賴著六月，就像六月如此信賴著她。

別忘了，我們終究是一體的。妳的就是我的。

「沒有我的話，妳要怎麼辦呢？」

六月抬頭一看，太陽已升到天空的正中央。

倫敦霧

再過一個月就是聖誕節了，雖然還沒冷到下雪的程度，但紐約的早晨還是凍到讓人難耐，尤其像今天這樣溼度特別高的日子。

布魯克林的綠蔭墓園位在小丘上，若在晴朗的天氣，站在坡上便可清楚看見蔚藍天空下的自由女神像。但今天不一樣。大霧從沿海一路往坡上延伸，海岸與房子都融進濃霧裡，放眼望去一片白皚皚。倪丁香走近了墓園，才發現眼前豎立著巨大的哥德式石雕建築，上頭浮刻著神情哀戚的宗教神像。點點苔蘚在神像臉部聚生，宛若長滿了老人斑，讓人不忍卒睹。

感到寒涼的倪丁香拉上了外套的拉鍊，低頭往前走。她露在毛帽外的耳尖因接觸冰涼水氣而凝出了幾顆小水珠。風一吹，水珠就凍成霜，這霜刻薄地擰著丁香的耳，格外疼痛。今年冬天溼溼漉漉，倪丁香穿得再多也不曾覺得溫暖。入秋以來，她成天用玻璃壺煮著黃耆人參茶，房間發出一種古老而苦澀的氣味，加入了幾粒如紅色眼淚的枸杞，才有了些許甜味。但這茶也沒讓她的體質變溫潤，還是成天覺得骨子透出寒氣。她駝著背躲進毛絨毯裡，沉重感日日壓迫著身體，丁香不禁覺得自己的形體正在縮小，再這樣下去，等到春天來的時候，會不會跟著殘雪一併融化無蹤？

像這種得勉強出門的日子，倪丁香總會變成蠶寶寶，身體被厚重的衣服切成一節一節的區塊，每一節都臃腫發脹。凍得雙頰泛紅的她站在墓園裡的交叉路，左右張望。大霧像塊白毛毯沉沉地壓在地面上，樹林草原的邊框線都消融在白色裡，分不清遠近。

在濃霧中，她不知要往哪裡去，才是法蘭所在的方向。

她希望法蘭能像從前一般，將食指折疊放進口中，發出高而亮的哨音。然後她就能像法蘭的老狗一樣，豎起耳朵，搖著尾巴追隨他。

但今天是法蘭的葬禮。

倪丁香和法蘭第一次見面時就是在這樣大霧彌漫的早晨。聖誕假期剛過，城市裡還彌漫著一股慵懶迷濛的氣息。丁香喜歡在積雪未退的早晨散步，看看鄰居的聖誕節裝飾。街邊的每間公寓窗口都擺著大小不一的聖誕樹，有的點著黃橘色的傳統燈泡，像是聖誕卡上的點點金粉，晶瑩溫暖；有的則纏繞銀藍色的ＬＥＤ燈，將窗口呈現成精靈飛舞的冷絕異境。再隔壁的公寓裡大概有年紀小的孩子，窗口懸掛著寶石紅和翡翠綠交錯的水滴燈泡，一旁貼滿樸拙的蠟筆畫，滿溢著蓬勃的朝氣。

散步總給丁香帶來寧靜平和的心境，但近來丁香多了一個散步的夥伴。

一起在科技公司上班的同事因為回老家過節，把小狗託給她照顧。平常丁香只帶著小臘腸狗黑寶在家附近晃晃，不會走遠。但那日丁香興致一來，便多繞過了幾條街。黑寶知道他們散步的軌跡脫離了平常的範圍，便忽然興奮起來。一開始還是丁香走在前，後來倒變成黑寶拉著丁香向前衝。城市裡的狗也真可憐，丁香想著，牠們居然從來沒有自由自在地奔跑過。她便收緊了手上的繩子，向黑寶示意急轉彎。一人一狗便小跑步地往公園前進，丁香知道那裡有專門給小狗自由奔跑的場地。

丁香坐在公園裡的長凳上，任黑寶在專屬狗兒遊樂園裡奔跑。丁香一路上有些煩躁，隱形眼鏡似乎戴反了，一直想停下來調整，但狗兒暴衝，根本不給她任何停下腳步的機會。現在，她終於小心翼翼地把兩邊的隱形眼鏡摘了出來，一陣風來卻把那薄瓜子般的淡藍眼鏡吹進了土裡。

失去眼鏡的丁香再也看不清楚眼前的景象，遠處物體的形狀和距離都模糊成一片。丁香忽然一陣恐慌。但她馬上要自己莫慌莫急，世界並不是全然靠清楚的視覺才能感知。如果看不清形狀，至少還可以看顏色：那個移動的一坨黑點，應該就是臘腸狗黑寶沒錯。

「妳的狗是哪一隻？」坐在另一個長凳上的男人突然問她。

「黑的，小臘腸狗。」丁香蹲在地上摸索著，好不容易找到了一只已染成髒黃色的隱形眼鏡，還在思考著是否把上面的土吹掉，再塞回眼裡。

「他騎在我家母狗身上。」男人說。

丁香抬頭，模糊間看到黑色木椿規律地快速擺動著，便知道還沒結紮的黑寶闖禍了。

「黑寶，不可以！」丁香大叫，急忙從凳上站起，往黑色木椿跑去。她想一腳把黑寶跟奶油色的母狗隔開。誰知道，地上的雪結成冰，一抬起腳就突然失去重心的丁香，像個笨重的錘子直直摔破冰地。

丁香這一摔嚇著了兩隻狗，便自動分開了。但黑寶看見手腳在地上掙扎的丁香，便又產生了非分之想，牠放棄了奶油色母狗，反倒緊緊抱住丁香的手臂，繼續前後擺動。

坐在長凳上的男人急忙跑來拉起丁香，只是他一站過來，也開始重心不穩了，雙腳在冰上不斷滑動著，好不容易才站直。他格外小心，兩手往外撐開尋求平衡，接著像樹懶一樣，極度緩慢地延伸脊椎關節，一節節地往上站起。見到他花了很長時間才站穩，丁香決定靠自己的力量站起。她單手撐一下地，身體就馬上立了起來。

只是，黑寶忽然眼露賊光，將眼前兩人當成目標物。牠把前腳攤平，翹起了屁股，舌頭吊在外四處擺動，往他們滑了過來。幸好丁香擋住了黑寶，一人一狗像保齡球瓶般東倒西歪地摔在地上。男子則驚呼了一聲，平安無事，卻忍不住呵呵大笑起來。

丁香瞇眼看著：男人有著整頭茂密的灰白捲髮，穿著深藍色的套頭毛衣，土磚色的毛呢大衣，暗灰色的西裝褲。丁香模糊的視力無法辨別眼前這張臉的皺紋和酒窩，當這些紋路全部混在一起時，反而像個漩渦，把人捲了進去。

丁香瞬間移開了視線。

「我是法蘭，牠是艾比。」男人朝著遠處的奶油可卡犬吹了一聲哨子，牠便跑了回來。叫艾比的母狗緩慢卻優雅，兩個長耳朵像大裙襬一樣，每跑一步就輕快地翻飛著。

「艾比已經是老奶奶，你的小狗挑錯了對象。」

「黑寶不是我的狗。」丁香接著說明：「我的意思是，他是我朋友的狗，我只是暫時照顧牠而已。但艾比真是美麗，難怪能迷倒黑寶。」

看不清楚眼前狀況的丁香，聞見男人身上乾淨的肥皂味道，幾乎沒有多餘的人工香氣。小時候丁香的衣物就常常是這樣的味道。母親用暗褐色的水晶皂抹了幾遍髒衣，然後在波浪紋的洗衣板上用力揉搓，產生了一波又一波的細密泡泡，這些泡泡跟著水流散溢到水槽四周。丁香站在板凳上，拿個小碟子，把那些泡泡撈起來，假裝放在嘴邊要喝進去。

「別這樣玩，這水很髒。」母親斥罵。但狹小的後陽臺就是丁香的遊樂場。

這些衣物被西晒的太陽晒到乾透僵硬，穿上的時候還會刮人皮膚，不是特別舒服。也許添加了香精、柔軟劑的洗衣精能徹底洗掉髒汙，讓衣物發出讓人暈眩的香味，但丁香卻始終想念被肥皂搓洗過，再被陽光晒過的衣服，發出一種細菌都被殺光的驕傲暖香。

在紐約住了那麼多年的丁香，就從來沒聞過這種似乎只存在海島盛夏的香氣。尤其是這樣的寒冬，若經過穿得臃腫的路人時，聞到的總是一股從羽絨衣裡透出的濃濃鳥騷味。

丁香趁法蘭不注意的時候，又偷偷吸了幾口環繞在他身邊的空氣。她感覺原本經歷了整個寒冬如枯枝般乾燥粗糙的身體，正往陽光滿飽之處延伸著新芽。

然而，今年冬天丁香又枯萎成殘枝，所有的葉子都落盡了，孤伶伶地屹立在大霧瀰漫的山丘上。牧師對著法蘭的棺木說悼詞，圍繞在一旁的親友們都低著頭，哀悽地望向平躺在洞裡的棺木。

丁香無法認真哀傷。站在對角線的薩琳娜正盯著她瞧，讓她無法專心投入情緒裡。她的心像瓦斯爐上不時冒著小氣泡的滾水，被各種汩汩冒出的細小聲音給蓋住了。看來薩琳娜的氣勢更焰了，她淺褐色的捲瀏海像藤蔓般從黑紗帽底竄出，在如蜘蛛鬚的眼睫毛邊繞了個圈。現在她連偷瞄都懶，大大方方地用微凸的雙眼瞪著丁香，彷彿眼睛裡噴射出來的是蜘蛛絲，正準備生擒丁香。

當大家把手中的鮮花丟進法蘭長眠的深洞裡，空氣中充滿像揉紙團般啜泣的聲音，丁香的思緒飄離，沒跟上集體的悲傷情緒。丁香瞄了一眼薩琳娜，當然，薩琳娜也是一滴眼淚也沒掉，微嘟的嘴唇因為注射物太多，始終保持著上揚的愉快角度。

輪到丁香把一支白百合丟進法蘭的墳，但丁香卻說不出任何話。當大家希望法蘭能平靜地離開的時候，她卻急切地希望法蘭先不要離開。再等我一下，丁香在心裡誠懇地請求法蘭，我會好好地跟你說再見。

儀式結束後，幾個頭髮花白的老先生主動和丁香說起了話。

「妳和法蘭在同一間大學工作嗎？」

「不，我不是。我是他的學生。」丁香撒了謊。

「幸好妳的老師並沒受苦太久。」

「嗯，他並不喜歡麻煩別人。」這句話倒是真的。

薩琳娜在遠處冷冷地瞧著丁香，不時跟她的丈夫保羅竊竊私語。見到丁香和其他人說了話，便馬上飛快地穿過草皮，手裡握的咖啡左右晃動，濺上了她的手，她也不嫌燙。胸前的珍珠長鍊左右搖擺，發出了急促的摩擦聲。

走到丁香面前的薩琳娜，不顧形象地嘟起嘴把手背上的咖啡先吸吮了一圈，再對丁香說：「妳沒有和他們說太多吧。如果可以的話，請顧全法蘭的面子。」
「我什麼都沒說。妳大可放心。」倪丁香皺起眉頭，大步前行想甩開薩琳娜。
「喂！我話還沒說完呢！」薩琳娜呼喊著，又快步跟上來。珍珠鍊繼續發出沙沙的催促聲。
「我們的律師這幾天會找妳。」薩琳娜說。
「我們？」丁香重複。
「我請了個律師。」薩琳娜氣勢強盛地說，「保羅雖然不在意，不代表妳就有權力拿走我們的東西，這我當然要拿回來。」
「那就看妳的本事吧。」丁香說完這句話，就小跑步離開了。穿著高跟鞋的薩琳娜再也追不上。

丁香是在第二次與法蘭見面時，才意識到法蘭的高齡。第一次遇見法蘭後，雖不太記得法蘭的長相，但那股保證無菌的肥皂味，時時在丁香的心中擾動著。隔天早上，丁香不用黑寶催，便健步如飛地帶著黑寶回原地。遠遠的，丁香就看見了土磚色的毛呢大衣，往更遠處看，艾比正在繞圈子，此時丁香心裡便穩了。她刻意走到離法蘭兩棵樹遠的凳子旁，蹲下身來鬆開了黑寶的繩子，讓牠飛奔而去，再漫不經心地起身。

丁香本來還想用眼光逡巡四周，再倏地聚焦在法蘭身上，然後發出：「你也在這裡啊！」的驚喜訊號。誰知道，當眼神一晃到法蘭，卻發現他早就定定地看著她微笑了。

「早安，丁香。希望我的發音不是太糟。」法蘭笑著說。

說「香」這個字時，法蘭除了雙唇還是稍微噘起，所以多了點多餘的氣音，基本上這發音在丁香聽來，已經算是奇蹟了。每次去看病，護士看著丁香病歷表上的拼音，雙唇總是不聽使喚地蠕動，在「虛……酸……」各種發音嘗試後，幾乎動怒地放棄。她們提高聲音，決定只呼喊「丁」。此時丁香就會識趣地舉手站起來。

「完美的發音，你有語言天分。」丁香對法蘭說。

「大概不是天分，我剛好是教語言的。」法蘭說。

「什麼語言？」

「英語。但更嚴格來說，我教的是英美文學。」

丁香從小就喜歡文學，但家裡卻沒有人喜歡看書，更不鼓勵她往文學發展。如見到她的數理成績比文科還高，便十分欣喜。反之，則失望落寞。丁香於是也逐漸養成了理性邏輯的性格，不再嚮往虛浮詞藻堆砌而成的人生。偶爾看了幾本文學書，心中蕩漾，頭浮腳輕，便倏地逼自己回到眼前黑色的螢幕裡。唯有寫程式、編代碼、回到那座在她掌握中的數字之城，丁香才能感到自信和安全。

這些能力幫她換得了高薪生活，才三十初就買了間布魯克林昂貴的新公寓。那附近原是廢工廠，但因為響應都市更新，重新被仕紳化。老舊的廠房被更新成藝術工作室，畫廊、陶藝空間。摩登新穎的公寓也一棟棟地增建。走在路上的幾乎都是穿著入時、背著帆布環保袋、牽著毛髮油亮的狗，只去農夫市集買菜，那種生活看來十分優渥而有品味的人。能在這裡生活，丁香感謝自己的人生選擇。

丁香以前交過的文科男朋友，要麼過於理想化，為了追求夢想把現實拋在腦後，要麼過於憤世嫉俗，將自己不遇的經驗都怪給社會。這些人老給她一種不切實際的虛無感。但明明也是教文學的法蘭卻給了丁香穩重踏實的印象。到底是為什麼呢？

她仔細端詳著法蘭的臉。他一微笑，眼際的皺紋延伸到耳邊，嘴角的皺紋又往四面八方擴散，密密麻麻的網絡布滿了蒼白的臉。他白灰的頭髮像是一波又一波的捲浪，狂野地打落在肩上。丁香總是被他宛若新生兒的皂香給吸引住，沒想到仔細瞧後原來是個老男人啊！丁香想到她的父母，卻不記得他們曾有這麼老過。他們怕老，一個染黑髮，一個戴假髮，總是遮遮掩掩，怕人發現老的痕跡。但法蘭卻老得如此名正言順，老得讓丁香甚至忘了他的老。

第三天，丁香居然還是準時到公園報到了，法蘭對他們的默契不感訝異，好像這已經是個維持多年的習慣似的，很自然地打了招呼。這次丁香忍不住，向他誠實地說了關於他身上帶著的肥皂暖陽味。法蘭有些靦腆地說：「大概是洗澡用的肥皂吧。我年輕時曾當過海軍，當時軍隊都統一分發便宜的香皂。只是離開軍隊後，用了昂貴的香皂，皮膚反而不適應又紅又癢。託人找了好久，才找回當初用的軍用藥皂。軍隊的生活沒有什麼好懷念的，但那乾淨的味道的確像強迫症一樣跟隨著我，就像妳說的，有種把細菌都殺死的安心感。現在老了，更怕腐敗老朽的味道。」法蘭覺得話說多了，便俏皮地向丁香眨了下眼。

「我想說的是，我每天都很認真洗澡。」

「那讓我再聞一次。」

丁香沒等法蘭反應，就把頭靠近他的脖子，像個孩子般以直覺來主導行為。法蘭見丁香如小猴子般依了過來，就將身體更靠近她。丁香認為見多識廣的法蘭勢必早就看穿身體與性別的種種社會框架，自己在他面前等於是透明的。若裝模作樣，客氣敷衍，都只是徒增愚蠢虛假罷了。她於是順從本能，心裡想到什麼嘴裡就說出來，嘴裡說不出來的，就直接做了。

她便把自己冰冷的臉頰靠在法蘭的後頸上，讓他的體溫將她的臉頰熨得發燙。

丁香照顧黑寶的最後一天，照例去了公園，等到黑寶放風完畢，將鍊子繫好。丁香不得不和法蘭道別：「黑寶，這應該是你最後一次見艾比了。黑寶要回他自己的家了。」

法蘭沒有猶豫地接著說：「是的，艾比，快吻一下黑寶。」

丁香稍微失落，但這也是意料中的。冬季也差不多快過了，春天來了，世界也該回到原本的秩序。法蘭與她只不過在寒冷的冬天一起度過了幾個平靜祥和的早晨，就像是兩隻在寒帶生活的企鵝，見了面，也會互相挨近取暖，給彼此能量。

沒想到，法蘭繼續說：「艾比會想念黑寶的。但是，艾比還是希望丁香以後仍能摸摸她的大耳朵。」

用手掌把艾比的頭圈住，丁香親了親艾比的臉說：「那有什麼問題？」

丁香這下意識到，法蘭與她的關係正要開始：他們不只在冬季互相取暖；雪融了，他們更需要彼此陪伴。

丁香帶了幾枝從家中陽臺剪下的豔橘色非洲菊來到法蘭家，但極簡的法蘭家裡沒有任何裝飾，當然也沒有花瓶，他只好洗了個玻璃水杯來擺放這幾朵非洲菊，放置在鋼琴上。黑色肅穆的鋼琴瞬間變得喜氣許多。喜歡聽古典樂的法蘭等到退休後才開始學鋼琴，幾本兒童拜爾的譜子上都重新畫上放大好幾倍的音符，原本螞蟻般的音符脹大成一團紅豆粥似的，更加擁擠難辨。丁香心想，法蘭的視力大概已經相當不好了。

鋼琴旁立了張全家福的照片：穿著西裝的年輕法蘭，英挺而嚴肅，往後梳的油頭露出了他光滑飽滿的額頭，那時法蘭的眼神銳利，五官緊湊，像是在思考什麼重要的事。反而是坐在法蘭身邊的太太，兩頰圓潤微笑迷人，雖不是個頂級的美人，卻有著相當舒緩的神情。他們中間站了個穿著格紋襯衫的男孩，臉頰豐潤笑眼微彎，長得更像媽媽。

對丁香來說，這畫面彷彿會出現在從小看的美國影集：長得好看，穿著乾淨的白人家庭，對鏡頭展現著幸福和諧的笑容，好像這個世界的髒骯與貧困，都與他們無關。丁香轉頭問法蘭：

「你有個兒子？」

「是的，保羅，現在都已經四十多歲了。」

「他現在在哪裡，也在紐約嗎？」

「不，結婚後就搬去賓州了。我太太在他十多歲時就去世了。後來家裡就是保羅和我兩個人。幸好他很早熟獨立，什麼事都不太需要我擔心。」

這公寓裡已經沒有保羅的生活軌跡了，除了幾張幼小時的照片以外，法蘭並沒有保留任何他的東西。丁香總是對西方家庭裡的親子疏離關係感到不可思議，畢竟她不管多久沒回家，家裡都還是有她的位置。也許房間角落多了個壞掉的風扇或是斷了一腳的椅子，但桌上看到一半的書還是攤開在同樣的頁數，誰也不會去碰。

「保羅還常回來嗎？」丁香問。

「回來幹麼？他有自己的家了。」法蘭迅速回答：「我才不想跟個成年男子共用一間公寓，怪不方便的。」

保羅的房間被法蘭改造成書房。房間裡擺放著密密麻麻的書籍，丁香隨便抽了一本書，打開後都是短短的句子，再試幾本，也都類似。這幾百本排列的書竟然全都是詩集。很少讀詩的丁香隨便唸了一句，不自覺歪頭感到困惑。

「你喜歡讀詩嗎？」法蘭問。

「不能說是不喜歡，而是看不懂。」丁香說。

「如果妳不嫌煩的話，我可以講給妳聽。」

「如果你不嫌我笨的話。」

「那很難講，我是出了名會罵學生笨的老師。」法蘭故意板起臉來。

丁香隨便挑了一本威廉・華茲沃斯的選集說：「你挑一首唸吧。」

法蘭從胸前口袋掏出了那付金框圓形眼鏡，緩緩地戴上。他清了清喉嚨，低沉穩健地把咒語般的文字朗讀了出來。

「雖然很好聽，但我還真聽不懂。」丁香是靠圖像與數字認識世界的人，只透過聲音，丁香無法理解其意義。她拉起毛毯，把腳縮上沙發，緊靠在法蘭肩旁，示意也要看著詩句，法蘭親了一下她的額頭，把她摟進懷裡。

「不然這樣，我指一個字，你唸一個字。」丁香下了指揮。

堂堂一位大學教授，竟在丁香的命令之下，成了電動發聲機。他重新把詩再唸了一次，有時丁香手指故意滑得極快，他也能像唱饒舌歌一樣地跟上。

普天之下，再也沒有比這兒更美的風景，
若有誰，對如此壯麗動人的景物
無動於衷，那才是真正的靈魂麻木。
瞧這座城市，像披上一襲新袍；
披上了明豔的晨光，環顧周遭：
船舶、尖塔、劇院、教堂、華屋，
都靜悄悄地，都赤裸裸地，向郊野和天空敞開，
在無煙無塵的空氣裡閃耀。
陽光從來不曾如此美麗地滲透，

即使是第一道灑在山谷、岩石和小丘上的光。

華茲沃斯在經過早晨的威斯明斯特橋，看見了晨光滲滿了未醒的倫敦，寧靜莊嚴，甚至比在自然山谷裡的陽光更讓人心動。

「無煙無塵的倫敦？倫敦有這樣的時候啊？」丁香理工科的背景讓她講求實事求是。

「哈哈，境由心生。那時的華茲沃斯正趕去見他法國的私生女和舊情人，因為他要和別人結婚了。倫敦究竟有沒有空氣汙染，他也管不著了。」

「過個橋也能有這麼多讚嘆，真了不起。」丁香是真心敬佩，但聽起來像是諷刺。

「來，下一首。」丁香又對著她的發聲機下達指令。

法蘭每讀完一首詩，就講解其中含義。丁香專心聽完後，總會給一句來自理工腦笨拙卻誠實的讚歎語。法蘭覺得好笑，讓她隨便亂講，不予置評，就這樣持續讀了好幾本詩集，直到兩個人都在沙發上睡著，晨光微弱地滲進了幽暗的房間。艾比被溫柔的陽光喚醒，咬著她的空碗跳到兩人的中間，在安靜的等待中再次睡著。

法蘭不只教丁香讀詩——只是不知道她有沒有聽進去——也教丁香其他的事。搭慣地鐵的丁香考慮了很久，終於下定決心買了一臺新車。那日車廠將丁香的新車直接開到丁香公寓外，初夏綠油油的楓樹撐開了好大一片樹蔭，停在樹下的新車於是也印上了五指葉的影子，宛若新娘手臂上的漢娜印度彩繪。丁香倚著陽臺圍牆，恨不得伸手就能觸摸到她的愛。她讚賞著這宛如披著潔白婚紗的新車，曲線流暢，板金在陽光下折射出刺眼反光，扎得丁香感動想哭。她泡了杯帶著清淡奶香的金萱茶，端著瓷杯小心翼翼地下樓，開了車門，滿足地坐進了駕駛座。

椅墊是真皮的，車內散發出高貴的皮革香。她把準備好的手機音樂連接上車內音響，盛重地放起了巴哈的《郭德堡變奏曲》。她配著溫熱的新茶，聽著清晰的鋼琴裝飾音，音響太好了，連鋼琴家顧爾德微弱的哼唱聲也聽得一清二楚。她打開車窗，讓枝椏上小鳥吱吱喳喳的鳴叫也融進音樂裡。丁香由衷地讚歎：這真是臺美麗優雅的好車。

買車時她不須貸款，直接用全額支票，車行裡的人不會辨別亞洲女性年紀，以為她大約是大學生，便問：「家人買給妳的嗎？」

「不，我買給自己的。」

不須要養家也不須把賺來的錢留給下一代，身為頂尖電腦科技工程師快十年的她，怎麼買不起這樣一臺好車？她想像自己在車裡戴著墨鏡，快速行駛在布魯克林大橋上。鐵橋的鋼鐵結構將光影切割得森嚴有序，以規律的節奏投射入車窗內。橋的另一端就是高樓聳立的曼哈頓，是世界的中心，而她在這中心裡活得自由自在，要什麼就有什麼。

但問題只有一個，在新車裡喝完了一杯茶的她，終於肯面對了。

她不會開車。

對丁香來說，考到駕照並不難，只要是能事先準備的考試，沒什麼能難倒她。但在交通繁亂的紐約，是否能真的開車上路又是另一回事。丁香的駕照說穿了就是她的身分證，無法代表她合格的開車能力。

檔還沒換，手煞車也還拉著，她卻故意輕踩了一下油門，車子便在原地發出厚重的哀鳴。這聲音嚇得她緊急關掉引擎，差點把茶都濺在嶄新的皮革座椅上。

等法蘭來重新啟動引擎，已經是一個星期以後的事了。新車的車窗上布滿了小鳥糞便、被雨水浸爛變色的落葉，原本的新娘白，已經被蒙上了一層淺淺的灰。但法蘭還是驚歎了：

「這該不會是一臺保時捷吧?!」

他震驚地重複：「小女孩妳居然買了一臺保時捷！」

丁香的保時捷以三十英里的時速在最靠右的線道上前進。法蘭不斷給她信心：「妳開得很好，很穩，按照自己心安的速度前進就好。」但法蘭的右手緊緊拉著窗上的把手，左手還微微扶在手煞車上。

一路上緩慢行駛的丁香時時引來喇叭聲，但法蘭繼續說：「在紐約就是有一堆混蛋。妳沒錯，不用管他。」

在法蘭耐心且充滿鼓勵語氣的教導下，丁香越開越自信，速度也敢越開越快。

「我終於知道為什麼妳找我來坐在旁邊。」法蘭說。

「為什麼？」

「因為我老了。」

「什麼意思？」

「一，大風大浪看多了，看妳開車自然不覺害怕。二，若真出了什麼事，老人的命也沒那麼值錢，妳也不會那麼愧疚。」

丁香給了個白眼。法蘭大笑。

「謝謝妳今天沒有殺死我們。」法蘭再回補一槍。

殺死法蘭的從來就不是丁香，而是他的年紀。丁香遇見法蘭時，他六十五歲，整整大了丁香三十歲。法蘭七十歲那一年，老狗艾比去世了，整個公寓就剩下他一個人。丁香每個週末還是去法蘭家拜訪，但法蘭已經漸漸沒有體力精心烹調晚餐。丁香常外帶法蘭愛吃的煎牛排，幫他切小片點，放在據說對身體很好的銀杏葉、各種堅果的沙拉上。法蘭雖然總是疲累，但只要丁香來了，他總還是撐起精神。

「這是我一週來吃得最愉快的一餐。」法蘭說。

丁香並不懷疑。因為法蘭總是有很多的話對丁香說，一整個星期法蘭大概都沒有對誰說過什麼話，因此總是格外興奮。把閱讀的書，看到的電影，都分享給丁香聽。法蘭的語言總是精緻、穩定而溫暖，從沒有尖銳苛薄的口氣。法蘭當過軍人上過戰場，經歷過家族衰敗，也因為年紀較晚才上大學、讀研究所而受盡旁人冷嘲熱諷。但丁香眼前的法蘭卻十分舒坦，也許正是因為把跌跌撞撞的挫敗人生都經歷過了，剩下的心境就如湖水般平靜，好像他從未經歷過什麼不公平的事情一樣。但法蘭不是只說自己想說的，法蘭更希望丁香每週都告訴他她的生活，她遇到了什麼困難、有什麼他可以幫忙出點子的地方。這點，丁香從未在其他與她年紀相仿的男友遇到過。那些人總是把自己的話說完了，就滿足了。

只是，不管聊天的氣氛多熱切，空氣裡還是出現了丁香不熟悉的氣味。

空氣裡彷彿擴散著如小動物死亡的腐爛味，那是什麼呢？丁香到處翻找，直到發現幾週前丁香帶來的鵝黃玫瑰花，整束在鋼琴上枯萎了，還未蒸發的髒水在玻璃杯壁留下了白色的霉斑。鋼琴琴蓋也許久沒被打開了，上面掉滿了已經乾燥如酥油片的褐色玫瑰花瓣，一向愛乾淨的法蘭居然沒有清理，任它們在譜上，在鋼琴布上，留下骯髒的輪廓。

丁香不在的日子，法蘭就如樹懶般竭盡所能地不移動，任何多餘的動作都會讓法蘭覺得疲憊。讀過的書本散落一地，法蘭也無法放回書架，他的腰都快伸不直了。每次丁香忍不住開始整理，法蘭就勸她別做這種事。

但唯一不變的，是法蘭身上清潔乾淨的香皂味。

人們說老了身體就會臭，長期不動的發出一種溼溽的沼澤氣味；剛動手術的則散發著實驗室般的科學藥劑味；那種體力漸衰、慢慢老去的，則因為無法徹底清潔而堆積起陣陣酸臭，開口閉口之間，都流洩出昨夜飯菜的餘味。但奇怪的是，丁香愛的老人幾乎都沒有這樣不堪的味道。丁香的奶奶身上是厚厚的草膏香、爺爺則是菸草味。法蘭則是像剛洗好澡的新生兒一樣，舒服清潔。但她也猜想，法蘭是否每天洗更多次澡了？他的皮膚似乎有更多的乾裂處。

法蘭總有一天會慢慢失去照顧自己的能力。丁香的爺爺奶奶在老到無法照顧自己的時候，她的叔伯阿姨們得討論爭執很久，總有一個運氣比較糟的人要承擔照顧的責任，其他人則貼補照顧費用。但法蘭只有一個兒子保羅，這責任也會落到他身上。

「你考慮過搬去和保羅同住嗎？」丁香問。

「當然沒有。」法蘭直截了當地回答：「等到狀況更糟時，我自然有其他的方法。我還存著點錢。那些錢就是要拿來以備不時之需的。」

「只是……」法蘭猶豫地繼續說：「有件事情需要妳幫忙。」

「什麼事？」

「如果我老到失去意識、失去所有的行動能力時，請妳不要再來看我。」

陽光從雲層透出後，大霧便散了一半，眼前的大水池映著天空的淺灰色，看起來格外深沉，彷彿掉進水裡，就會一路墜到幽暗的地心。倪丁香沒有參加喪禮過後的宴席，她擺脫了薩琳娜之後，便獨自走到墓園裡的噴泉。她沒注意到原本排成行伍前進的大雁，因為她的到來，而群起鼓譟起來。突然一隻大雁對著她張開翅膀，揮動了幾次，發出颯颯的聲音，倪丁香才意識到她是個入侵者，趕緊從石凳上站了起來，往後退去。滿臉怒氣的大雁見她作勢離開，才收回表情。牠大搖大擺地走進了行伍，跟著其他大雁走進水池裡。

「這個氣勢真像薩琳娜。」丁香心想。

薩琳娜是保羅的妻子，法蘭很訝異保羅會喜歡上這樣的女人。說實在，薩琳娜符合了現在最流行的審美觀：她有寬大的顴骨、貓杏眼、微尖的下巴。冬天的時候在暖房裡做熱瑜伽，夏天時則去海灘，所以皮膚不僅油亮有光澤，更呈現著健康的小麥色。丁香第一次看見薩琳娜時，也覺得她像美國影集裡的那些女星，閃閃發光。只是薩琳娜一開口，總會讓人心涼了一半。

法蘭去世當天，丁香就接到法蘭律師的電話。律師交代了法蘭的遺囑，上面寫著：「謝謝妳陪我有尊嚴地離開。」法蘭竟把公寓給了她，退休金留給保羅。薩琳娜驚得歇斯底里，這怎麼可能？她才是法蘭死前最後陪伴他的人。他們共處一間公寓，吃喝拉撒都在同樣的空間，薩琳娜甚至睡了快要三星期的沙發床法蘭才終於斷氣。怎麼可能把公寓留給丁香？薩琳娜覺得有詐，又聘了律師，決定告丁香詐騙、侵占，什麼都好。

但真正照顧法蘭的都不是她們兩個。那時法蘭已經不太能活動，坐臥起居都由請來的楊太太負責。楊太太是丁香找的，是丁香信賴的人。楊太太在華人療養院幫忙照顧老人五六年了，動作熟練，再加上照顧什麼事都客客氣氣的法蘭，比起照顧那些對她呼風喚雨的刻薄老人還要有尊嚴的多，自然盡心盡力。薩琳娜和朋友從賓州來紐約玩，受保羅之託，繞過來拜訪法蘭，她看見丁香正在餵法蘭吃粥，便認定她是楊太太，忽略了她直接與法蘭打招呼。法蘭見狀，從沙發上坐了起來，正式地介紹了丁香。薩琳娜為應付法蘭，嘴角動了一下，快速浮出個微笑。

丁香見法蘭有客，為避免尷尬，打算離開。

「不，妳不用走。」薩琳娜馬上阻止她：「我只來看一下這環境，馬上就離開。妳走了等下誰照顧法蘭？」

「她不是看護，薩琳娜。」法蘭再次強調。

薩琳娜沒回答，逕自走進廚房，雙手敞開把自己的手臂伸長當皮尺，邊走邊量廚房的長寬：「這老房子的廚房還真大。」她的雙眼在房子裡左右游移，像是在打量獵物一樣，不斷發出「很好，很好」的讚歎。

法蘭有點愧疚地看著丁香說：「好吧，妳還是先走吧。」

等到丁香再遇見薩琳娜，薩琳娜已知道法蘭和丁香之間密切的關係。她的態度從無視升級到敵視，毫不客氣地說：

「聽法蘭說，你們認識很多年了。妳這麼年輕，怎麼會刻意來認識法蘭？」

丁香一聽，從鼻裡噴了一口氣：「不好意思，刻意是什麼意思呢？」

「就是妳知道的那個意思。」

法蘭已經十分虛弱，但他聽得懂薩琳娜的話中之意。他叫薩琳娜走到窗戶，往外看。

「妳看，看到了沒？」

「看什麼？」

「那臺保時捷。」

「怎樣？」

「那丁香的，她自己買的。」

這次該薩琳娜從鼻腔噴一口氣：「原來妳不是看護型的，妳父母是瘋狂富豪型的。這幾年的亞洲人原來都變成這樣了啊。」

在丁香面前，一向樂觀溫暖的法蘭，不禁重重嘆了一口氣說：「丁香，我很抱歉。」

法蘭身體每況愈下，原本保羅和薩琳娜每月都來探望。等到已經確定法蘭的時日不多後，薩琳娜卻主動決定住進公寓，說是要就近照顧。法蘭雖知道她在想什麼，但也沒有多餘的力氣抗議。法蘭已經老到人生裡的最後一個階段，什麼事情都任人擺布。當然，薩琳娜不曾靠近過法蘭，所有的事情還是楊太太處理，只是楊太太現在薪水不變、工作卻更重了。薩琳娜來後，法蘭家裡變得更加混亂，她點的外食從不收拾，總是攤在桌上等著隔天楊太太來整理。丁香來拜訪時，見楊太太又要打掃房子，又要照顧法蘭，就忍不住幫忙清理。小小的公寓忽然變得很擁擠，很陌生。

薩琳娜得知丁香的經濟狀況後，便不再在乎丁香的來訪，她披著奶茶色的毛巾布睡袍，在她們之間自由走動著。有時她在浴室待許久，一開門時滿室氤氳水氣都爭先恐後地衝出客廳。丁香見她把臉貼近水濛濛的鏡子，小心翼翼地用指尖輕沾著假睫毛，一邊顫抖一邊朝眼皮靠近。

「去你的！」薩琳娜手一滑把睫毛貼到太陽穴去，整間公寓都聽得見她的大叫。法蘭已經不像是這間公寓的主人，薩琳娜才是。她是這間公寓裡活得最自在的人。

在法蘭與丁香難得獨處時，法蘭會偷偷模仿薩琳娜說話的樣子。

他敲敲後腦，把眼珠爆出眼眶，再把嘴嘟成無辜的鴨嘴獸，雙唇中間微微張開，用捏高的聲音說：

「法蘭！我真不懂為什麼你會越老越糊塗。」

「其實，我才不糊塗呢！」法蘭變回了原來的聲音，對丁香說。

他伸出手，示意丁香也把手伸出來。這次，他沉沉地握住丁香。

「時候到了，我們就在這裡告別吧。請記得我還沒變糊塗時的樣子。」

法蘭住在歷史悠久的舊社區，房子皆是自十九世紀以來紐約流行的褐砂石建成的，經過更新重整，成為布魯克林特別有文化的區域。街道兩旁都是高大的老樹，街角不是氣氛絕佳的歐洲餐廳、精緻陶瓷手工藝品店，就是放著具有飄浮感電子音樂的獨立咖啡廳、書店。身為文學教授的法蘭買不起這個地段，他的小公寓是父母留給他的。他的父母都是老師，當時也買不起這樣的公寓，而是比祖父母更早之前的不知道哪一代傳下來的。從一棟三層房，慢慢傳到剩兩層，到法蘭的父母已經剩下半層。法蘭一生無功無過，唯一的成就就是還守著這半層房。

丁香以前常常經過這一區褐砂石房子，但從不知道裡面的人過得是什麼樣子的生活。但她現在知道了。丁香週末購物時，還是會故意繞去法蘭的公寓。她經過時便抬頭往上看，以為法蘭也會站在窗前看她。只是，她可能已經忘記法蘭早就站不起來了。

丁香又回到了原本的獨身生活。她住的區域其實離法蘭家不遠，但從前都是沒什麼人煙的破工廠，直到近二十年才迅速開發起來。她的公寓就是老倉庫改建的，還故意保有管線外露等工業風特色。這種新公寓空間寬敞，坐臥空間沒有明顯的區別，丁香有時用毛毯把自己一綑，就躺臥在腰果形狀的奇異果綠沙發上。落地窗面向一條受工業汙染而混成暗褐色的運河，但丁香不在意，因為一到日落時間，運河兩旁的建築就會因日照而發出剔透的光。那些噴在牆上的五彩塗鴉，大橙大紅的扶桑花，一到日落時間就突然有了生命，強光彷彿讓花瓣又往外綻開了一點，若雲朵飄過，花瓣便在光影轉變之中頻頻眨眼。丁香十分享受一排排屋子被夕陽點亮時的魔幻時光，她總是泡上一杯洋甘菊茶，坐在客廳地板上仔細地瞧。她想到華茲沃斯的詩，不知倫敦的晨光美，還是布魯克林的黃昏美？

但讓丁香決定付出高額頭期款的主要原因，還是這間房子的陽臺。有陽臺的房子在紐約十分少見，但丁香的公寓裡，就有個面對著楓樹的陽臺。丁香一看見這陽臺便樂昏了頭，她想像著這陽臺在春季時開著杜鵑，螃蟹蘭，若北美買不到這些，至少還有紅梅。夏季時這裡必開滿了茉莉、桂花。另外，丁香還想種上奔放豔麗的非洲菊或是氣味優雅的風信子，那些在臺灣都長不好的品種。

她想起了幼時在臺北市區裡，狹小而擁擠的家。公寓裡雖然採光不足，終年潮溼灰暗，但幸好有個晒得到太陽的後陽臺，這就成了丁香唯一的遊樂場。母親晒衣服的時候，殘留在衣物上的肥皂水一滴滴地落下，丁香故意仰頭，讓水珠砸在自己臉上。有時，肥皂水滴到嘴邊，她便趁母親不注意順勢舔了一下，這麼香的肥皂水嚐起來卻異常苦澀，像母親逼她喝的中藥湯，丁香的臉便皺成了紅棗乾。

等到她長得更大了，開始有了升學壓力，視力因為長期讀書而越來越糟糕，不得不開始點散瞳劑治療假性近視，這些藥水讓丁香的視力無法聚焦，課本裡的字都模糊成一片，那隔天的考試怎麼辨呢？在那些心裡還掛記著考試，但卻無法看清楚文字的日子，母親就邀她去後陽臺喝茶。

母親攤開了折桌，放上了蕾絲布，在上面擺了整套歐式茶具。水晶玻璃做成的基座中心放置小蠟燭，微火緩緩溫熱著上面的玻璃壺。壺裡煮的是母親從百貨公司帶回來的英國伯爵茶，茶葉在壺裡跟著滾動的水翻來覆去，像馬戲團特技員。

「媽，這樣煮會太苦吧。」丁香提醒。

「不會，我看別人都這樣煮。」

「妳這樣弄會變得跟煮中藥一樣。」丁香抱怨。

「哎，妳就不能浪漫一點嗎？看不出來我在讓妳放鬆心情嗎？」母親繼續說：「我以前功課不好，考不上好大學不能出國念書。但我有幾個同學後來嫁到英國去了，她們都這樣在花園喝下午茶。妳看看我們家也有花園，現在也有英國茶，有什麼不好？」

丁香視力那時才剛開始變差，所以倒也還能看清七八分。環顧四周，眼前的鐵窗掛著幾排螃蟹蘭，開著凶猛的紫紅花。茉莉花正含苞待放，豔粉的杜鵑花已經枯死了一輪，萎縮的花還懸在枝葉上，像鬆垮的襪子。丁香的頭上就是個圓圈形狀的晒衣夾，上面夾有幾片母親肉色寬大的內褲，以及她的白色內褲。跟母親抱怨很多次了，為什麼不買黑色的，白色的只要沾了經血就很難洗乾淨。但母親說，妳喔，現在正是純白潔淨、青春正盛的年紀，當然要穿白色。現在白色內褲有幾塊褐色印子，越看越難堪。而這就是她們母女的花園，沒有整叢盛開的浪漫玫瑰花，沒有整片蔓延的青草綠茵，眼前只有被太陽晒得又僵又硬的衣物，充滿無法擺脫的庸俗生活氣息。丁香開始慶幸自己視力越來越糟，若能看不清楚，為什麼要看清楚呢？

「算了，我進去念書了。」丁香說。

「妳念什麼書，什麼字都看不到。來，喝一下我泡的倫敦霧。」

母親狀似熟練地把伯爵茶倒進了繞著金蔥邊的瓷杯裡，再加進熱牛奶。接著，她挑了一下眉，暗示著法寶即將上場。母親不知從哪裡弄來了一罐只有英文標籤的玻璃瓶，從裡頭滴出了一小匙香味四溢的液體。

「來，喝下去。」這口吻跟逼迫丁香喝中藥時一樣。

丁香喝了一口，有種說不出的怪異感。唇齒間先浮起生硬苦澀的茶味，而那茶味又被突然衝起的奶味給掩蓋掉，最後是那不明的青草香忽然像個電動毛刷在嘴裡繞著迴圈，暴力地將香味擴散至整個口腔，鼻腔，甚至往後塞進喉嚨。

「妳……妳說這什麼東西？」

「這茶叫倫敦霧啊。有沒有，這顏色很像浪漫的早晨霧氣。」

「不，這味道嗆得像倫敦廢氣。」丁香說。

當丁香把這段回憶說給法蘭聽以後，他笑著問：「你媽到底加了什麼進去？」

那是個炎熱的夏日午後，空氣裡漲著溼氣，法蘭在丁香的客廳裡慵懶地問丁香。原本上午還豔陽高照，丁香又載著法蘭出去練車。這時的丁香已能從布魯克林開到曼哈頓，法蘭也不再那麼緊張。只是丁香的路邊停車技術還是不太好，車子宛如得了風溼關節炎，一節一節僵硬地頓行著，但最後不是車屁股翹在馬路上，就是車頭還是探了出來。此時，法蘭就開始朗誦他自創的詩句，方向盤先左左左，現在右右右，好直直進去，彎彎出來，車子才像泥鰍一樣滑進了車位。停好車，兩人打開車門，在突然傾瀉而下的大雨中衝進丁香的公寓。

「她用的是按摩青草油。」丁香一邊回答，一邊扭開手上的小玻璃罐。

「那妳現在用的是什麼？」法蘭問。

「是食用香草精。」丁香小心翼翼把香草精滴在小量杯裡備用。「但我媽認為這兩種不都是草，有差嗎？」

「天啊。難怪變成倫敦廢氣。」

丁香熟練地將伯爵茶包放進熱水裡，計時器時間一到就發出鳴叫，茶水不但不濁，還是漂亮澄澈的琥珀色。

「這我實驗過好幾次，才掌握到最好的時間。」丁香說。

接著她用昂貴的奶泡機打出了熱奶泡，將牛奶加入了伯爵茶裡，再放入量杯裡的香草精。最後又把奶泡小心翼翼地在茶的表面鋪平，就像為它蓋上毛毯一樣。倫敦晨間那朦朧而詩意的霧終於凝聚在眼前這白瓷圓杯裡。

剛洗好澡的法蘭，一邊啜飲著倫敦霧，一邊與丁香坐在窗前的沙發，欣賞布魯克林的午後雷陣雨。城市忽然颳起的怪風將路樹搖得七葷八素，發出枝椏摩擦的聲音。烏黑的積雲後透出銀藍的閃電，在遠處曼哈頓的玻璃大樓間左右亂竄。爆炸般的轟雷不時震得丁香的瓷盤發出清脆的聲音。大雨嘩嘩地下，似乎正在努力洗刷髒汙與混亂，但眼前那條汙染的運河早就從紅色變成深咖啡色，水位不斷上升，淹沒了河堤旁的塗鴉，把更多的髒汙散播到城市的各個角落。但是丁香與法蘭，在暴風雨的陪伴中緊緊擁抱著。這個世界的骯髒與貧困，都與他們無關。

倪丁香現在安靜地看著眼前的水塘，雁群們都游遠了。水塘中心的噴泉規律地灑出水幕來，這些水氣到了半空中，就被霧裡的白煙給收了去，似乎不見它們墜落回水裡。

丁香心想：如果把自己抛進了水幕，會不會也被捲進霧裡？在迷茫煙霧中，是否她能與法蘭再次見面？見了面，她要說什麼話？

她知道她應該謝謝法蘭送給她那間褐砂石公寓，當作兩人的紀念。她最想念的是法蘭整牆的詩集，以後每天她都想讀詩，一句句地朗誦出來。她也想謝謝法蘭陪她過了好多年，每一天的陪伴都充實而祥和，她被認真地尊重著。她有好多好多的話想說，只是她還是望著前方，安靜無聲。

過了好久，丁香才深吸了一口氣，她對著水池中氣十足地大喊：「嘿，法蘭，你聽著……」她閉著眼聽著空氣裡的回音，等到一切靜默後，她又深吸了一口氣，這一次，她深信法蘭肯定會聽見：

「嘿，我會停車了！」

「我真的會了！」

娜娜

「一份醃黃瓜，三號桌那個小鬍子點的。」娜娜走進廚房對著蘇阿姨大聲喊。她替聽不懂中文的客人取外號：小鬍子、大鼻孔、藍眼睛、胖老爺……，這是娜娜不耐煩時的表現。

「我聽見了。」蘇阿姨立即閉了嘴，不敢再說下去，以免自討沒趣。又不是自己的女兒，想多了也是白擔心。

娜娜故意避開眼神，好阻擋掉蘇阿姨的關心。她為了逃避家人的嘮叨跑到地球的另一端來，沒想到卻又多了一個媽。

蘇阿姨其實不到媽的年紀，但老是喜歡擺出一副過來人的姿態給娜娜建議：「年輕人不應該在這裡浪費時間的，我是因為沒選擇才不得不在這裡端盤子。娜娜，妳英文好怎麼不去律師樓找個工作？」若不能用三言兩語解釋清楚的時候，娜娜總是保持沉默。然而蘇阿姨也不是真心想聽娜娜的理由，她只是想找機會向別人說說她的人生——能在異國單獨生存那麼多年，自然有許多過人的能力和見識。

當年蘇阿姨從廣東離鄉背井來美國時，只買了一張單程機票、學了幾句破英文就驚險通海關。仲介把她帶到紐約法拉盛一個沒有窗戶的小房間，裡頭擺了三張上下鋪，狹窄的走道只容一人側身穿過。每一個床位就是一個家，床上塞滿了電鍋熱水壺等各種生活雜物，剩下的空間只夠縮著腿睡覺。這些同住一房的女人比蘇阿姨早幾個月來，大多取了洋名：琳達，珍妮，露易絲等。她姓蘇，她們就管她叫蘇珊。這些人打算出來工作幾年，賺夠了錢就回去，所以做的都是危險但工資較高的活。但蘇珊父母早亡，無所牽掛，她有大把的時間在這裡慢慢學、慢慢累積。

蘇阿姨一開始在老人安養機構裡做無照看護。一小時十九塊美金，加班代班她都全做。運氣好的時候會照顧到老外，雖然語言不通，但總會客氣對她說：「蘇珊，謝謝。」若照顧到那種在這裡住久的中國人，則常當她是下人，呼來喚去，滿口爛痰吐在地上要她跪著清理。蘇阿姨知道尊嚴越是被踐踏的工作，錢就掙得越快，把這股氣吞了下去。畢竟蘇阿姨還是可憐這些老人的，他們離鄉背井在異國成家立業，只是，老到連屎尿都無法自理時，就被丟出來了，最後只能在使喚看護中得到些許快感。

一個月蘇阿姨可拿到三千美金現鈔，仲介拿走了一千。其餘的，蘇阿姨都換成鈔票，綑成厚厚一疊的錢磚。一回家，她小心翼翼地塞進枕頭套裡，這才將枕頭墊成了最舒服的高度。頭倚在鈔票上，連夢裡都隱隱飄著油墨香，聞著有說不出的踏實感。只不過睡久了，口水滲進枕頭套，要用鈔票時才發現到處都長了黃斑，這邊一塊那邊一塊的，像長癬的流浪狗讓人不忍卒睹。羞赧的蘇阿姨只好把鈔票再放回去。就這樣，錢財只進不出，蘇阿姨不一會兒就存到能住單人公寓的錢。

蘇阿姨新租的一房一廳公寓空間寬敞，房間有個大窗戶，一打開就看見房東院子裡茂密的大樹。春天剛來的時候，枯枝的尾端長了綠色的圓果子，過了幾天，果子就變了形，一一往外推展，變成了滿樹的嫩葉。到了夏天，樹上又長起了鮮紅色的小櫻桃，等到滿樹的櫻桃都變成暗血紅色，蘇阿姨便偷偷撈了幾個來吃，想不到竟酸澀難嚥。蘇阿姨笑自己傻，竟以為紐約是連野果也鮮美的奇幻仙境。

蘇阿姨三十歲的時候來到了布魯克林。那時位在曼哈頓的中國城早已人口飽和，容不得新的移民。因觀光客多，物價也哄抬得十分昂貴，許多人不得不易地而居。而布魯克林的第八大道就這樣悄悄地收容了這些在曼哈頓活不下去的華人，成為紐約的新興區域。老闆的雲南餐廳剛開張，蘇阿姨就成了老闆信賴的總管。景氣好的時候，店前的客人排隊排得好長。蘇阿姨個性嚴謹，看不得人插隊，一被她抓到就直接取消入店資格，沒有半點商量的空間，這些客人都得看蘇阿姨的臉色，老闆也依賴她有條不紊的管理能力，不時給她加薪添福利。三十而立，蘇阿姨真切感受到了自己被這個社會需要的重量。

同在雲南餐廳工作的娜娜今年也三十歲了，但應徵時她說自己二十二。她皮膚細膩、臉型圓潤，衣著都是最簡單便宜的樣式，所以從沒有人懷疑過。

「聽老闆說妳是大學生，唉呀，這學費得花多少錢啊？」蘇阿姨常問娜娜。

「都是貸款的，現在還欠著債呢。」娜娜念的豈止是大學，但娜娜不敢說。她得刪掉幾筆曾經覺得光榮的人生紀錄，才能在這裡找到立足之地。

三號桌那個小鬍子用完了餐，走到櫃檯付帳。娜娜用英文跟他說：「Twelve dollars, please.」小鬍子笑了笑，反用流利的中文回答：「我不是小鬍子，我叫安祖。」

娜娜驚訝：「你聽得懂中文？」

「是的，我學了好多年了。你們的麵特別好吃。」

娜娜紅了臉，深覺不好意思，便開了門送客：「喜歡就常來吧！」

「妳叫什麼名字？」

「她叫娜娜，no boyfriend。」蘇阿姨大聲回答。

「蘇阿姨！」娜娜抗議。

娜娜也不懂為什麼自己會在餐廳裡端碗盤，事情不該是這樣的，但慢慢地就往這個無法解釋的方向進行了。娜娜的父母賣了一間在臺北投資的套房，為娜娜籌了大學四年的學費，誰知畢業後剛好遇到美國金融風暴大蕭條，一時找不到工作。「那就回臺灣啊，工作到處都是，至少還可以教小朋友英文。」她的父母對她充滿期望，只要做點他們做不到的事情就好。

她再給自己求得了機會，順利進入博士班，誰知道念了六、七年，出來以後又遇到美國政治改朝換代，保守勢力抬頭，外國人求正式職位的機會大少，眼看簽證就要過期，娜娜心慌。她的父母再次告訴她：「那就回臺灣啊，工作到處都是，至少還可以教高中英文。」在認為教英文已算是揚眉吐氣的父母面前，娜娜的心緒特別複雜，彷彿她這些年的時間都白費了。

娜娜不是不明白。家人已經幫了娜娜一大把，把她送到國外去，從前哪有父母願意這樣花大錢支援孩子？因此，娜娜的成就也意味著他們的成就。她跟家人扯了個謊，說是在紐約實習，她那單純的父母就這樣相信了。她的父母甚至繼續想像起接下來的人生藍圖：實習完，娜娜就能變成正式職員，正職做得好就能成為主管，接下來就能住進那種電影裡才看得到的花園大房子。美國的房子便宜，車子也便宜，娜娜肯定不需十年就能過上比他們現在還更好的日子。

只是娜娜心中的好日子，從來不是那個樣子。

她剛搬來紐約時，生活裡還充滿希望。紐約大蘋果，機會處處有。和幾個朋友租了間房，白天先打一點工，晚上做些翻譯。她一存到點錢就去看百老匯看小劇場，寫寫評論發表點論文。她的生活過得刻苦但無比充實，每一天都扎扎實實地活在文化發生的現場。如果可以，她真希望這一生都不需要和人證明什麼，就可以一直這樣照著自己的步伐過下去。

有日，她像往常一樣進入地鐵車廂，尖峰時段本應該無比擁擠，但這車廂卻幾乎空蕩無人。她隨便選了個位子坐下後，才發現對面是一個包裹在毯子裡的遊民。紐約處處是無家可歸的遊民，娜娜早就習慣，她繼續坐著。但眼前的遊民卻開始不斷在毯子下蠕動身軀，他奮力搔癢，皮膚與指甲的磨擦聲響徹了車廂。他抓得太起勁了，娜娜不由得也跟著癢了起來。接著，一雙烏黑的赤腳從毯子裡鑽了出來，引起娜娜的注意。那雙腳的指甲周圍長著灰青色的菌，其他處則布滿著灰一塊、藍一塊的潰爛傷口，遠看就像是發了霉的全麥麵包。她想到梵谷畫裡的破爛舊鞋，但眼前的腳卻比舊鞋更震撼。

遊民男子打開毯子透氣，無神的雙眼掃過了四周，發現娜娜正盯著他看，他不迴避，也好奇地盯著她看，好一陣子才把毯子重新蓋在頭上。娜娜從他的五官判定，這男子可能連三十歲都不到，但他的眼神已經失去了光采，混濁、低沉，像條躺在乾涸河床上的死魚。

列車到了下一站，剛進車廂的人們還搞不清楚狀況，馬上摀住口鼻，皺起眉頭，像是遭遇了什麼重大的打擊一樣。直到此時，娜娜才意識到空氣裡早就漲滿了酸臭氣，而她竟習以為常、毫無知覺。一旦突然醒覺，這味道就像長了觸角，攀附在她的鼻腔、口腔，貪婪地往她的五臟六腑內爬進去。

在車門關上前，娜娜慌亂地衝到月臺。她的胃在翻滾，早上吃的食物爭先恐後地衝上她的喉頭，想壓都壓不住，嘩地一聲全灑在地板上。經過的人群快速地閃躲、跳躍，留下娜娜與地上那一灘奶黃色酸臭的液體。娜娜看見他們深鎖眉頭，嘴裡吐出髒話，娜娜只好迅速壓低了頭，滿臉發燙地看著地板。

「時間快不夠了！」娜娜在心中吶喊。她似乎不能再按照自己的步伐慢慢走，時間到了她就會失去機會。她怕自己還沒登臺，舞臺燈就已經熄滅了。

以前愛米每次放假回來，店裡的氣氛就變得緊張。愛米散漫，睡醒時已經中午了，她常穿著睡衣從家裡走晃進店裡，完全不管店裡有沒有客人。老闆看了滿肚子氣，對著愛米吼叫。客人倒能體諒，畢竟家裡也是這樣，在外地上大學的孩子過慣了沒人管的生活，一回家自然會衝突不斷。

「妳就不要回家，待在學校就好了。」老闆對她大叫。

「好，你說的，就不要求我回來。」

但準備放下一個長假之前，老闆就又開始不斷打電話給愛米：「妳是沒家嗎？都要放假了還不回來？」

疫情爆發後，學校突然停了課，在宿舍裡的學生都被驅趕回家，就算愛米百般不情願也沒辦法。現在店裡只能做外賣，不能內用。客人銳減後，老闆焦慮但也無可奈何，只好不斷挑剔著愛米懶散的生活作息，要她有點出息，跟著他做生意。

愛米央求外表年齡跟她最接近的娜娜：「不如我搬去跟妳住吧。」

「開什麼玩笑，當然不可以。」

「那我付一半的租金，就當個室友。」

「還是不可以。」和大學生住絕對是災難，娜娜當然知道。

「我很有錢喔，不然幫妳付全部的租金。」

「想都別想，我找妳爸爸說去。」

愛米本就不期望娜娜會答應，但愛米並沒有說謊，她是真有錢。愛米瞞著父親，很少去上課，大多的時間都在發展她的網紅事業。一開始只是拍拍影片記錄一下減肥過程，發表穿搭意見，後來發展各種企畫，接廠商贊助，一個月的進帳絕對比娜娜多。

「我才不想一輩子只是開餐廳的女兒。不是富二代，就自己創造財富。」愛米說的讓娜娜都羨慕了。娜娜感覺她與愛米之間不像只隔了十年，反倒像是活在不同朝代的人。新的世代賺錢的方式變了，生活的意義變了，實現理想的方式也變了。

娜娜因而更覺孤立。她不能向前一世代的人證明她的意義，現在連下一個世代的人都已遠遠超過她，早早就在社會上找到實踐意義的方式。只剩下娜娜還在為自己迷糊的未來感到焦慮。

跟不上的又何止這些。那一年冬季的最後幾個星期，世界局勢像山裡的煙嵐一樣瞬息萬變。娜娜像陀螺般在生活裡忙碌打轉，等到稍微定睛，她彷彿已經置身在光禿禿的山腰上，雷電一來就劈在她身上。疫情抵達紐約前，紐約所有的藥局已經買不到口罩，中國人老早就透過各種管道搜刮了所有的口罩寄回國內。接下來，不管戴不戴口罩，都會出事。戴口罩的亞洲人被認為是病毒帶原者，莫名其妙就被路人揍；不戴口罩又拿自身健康開玩笑。在布魯克林的這條大道上，甚至開始出現物資搶購的現象。

「米，米……大家動作快。」老闆店裡不能缺米，要大家趕緊集合。

「愛米怎麼了嗎？」

「不是，買米，大家快跟著我去搶米。」

娜娜往店門口外一探，整條路上的人失了魂，男女老少都扛著沉重的米，駱駝一般緩慢地走著。至於身上沒有米的，則拔腿狂奔，倉皇失措地往商店的方向跑去。店裡的人面面相覷，不須老闆發號司令便自主分工，往各個不同的商店衝去。

「為什麼突然開始搶米了呢？」娜娜出生在物質優渥的年代，要什麼有什麼，她無法想像沒有米可以吃的日子。

愛米急忙地拿起手機拍下混亂的畫面：「這好蠢。不過就是白米，不吃米只吃炸雞的人這麼多，也沒看他們死掉啊！」

「是啊，何不食肉糜？」娜娜諷刺地說。

「那什麼？哪裡買？」愛米真心不知道。

搶米過後，人們開始搶衛生紙、搶麵粉、搶罐頭食品。店裡堆滿了成箱的物資，但生意卻沒有半點長進。除了娜娜以外，店裡的員工大多是從開店就一路跟了二十多年，老闆不想斷了這些人的生路，便拿出積蓄支付開銷。直到整條街上的餐廳幾乎都關了，城市也像個沉到深海裡的破船一樣，路上安安靜靜，再也聽不見人聲車聲，老闆也只好投降，鐵捲門終於放了下來。

關門那天，娜娜站在店門口看著空蕩蕩的大街。遠方的天空堆積著厚雲，原本在街上就可以看見的跨海大橋，已經完全埋藏在雲朵裡。看來，要下場前所未有的大雨了。

當天晚上，蘇阿姨和娜娜在餐廳後的院子裡整理雜物。院子裡布滿了印有海產店電話的保麗龍箱子，蘇阿姨廢物利用，當成花盆種起花草蔬菜。冬天過後，這些花草重新從土裡竄出，夜裡於是彌漫著春天獨有的泥土香味。牆角是一株開得十分茂盛的辛夷樹，白天時粉紅的花朵嬌豔可人，但在夜幕低垂時，這些花卻突然變成了怒嗔的眼睛，一隻隻掛在樹梢上，盯得膽小的娜娜渾身不舒服。

「這花我種的呢，美不美？」蘇阿姨說。

「當然。」娜娜心虛地回答。

「那一堆蔥也是妳種的嗎？」

「是的。每次廚房有切剩的蔥，我就拿來往土裡扎，才幾個月就長這麼高了。妳今晚剪一點帶回去，做點蔥蛋。」

澆完水，每晚來討食的野貓也準時出現了。這十幾年來，蘇阿姨不知道餵了幾個世代的貓。小貓在春天一窩窩地出生，撐不過嚴寒的冬天幾近全族滅亡，最後活下的那一兩隻，往往就能多活過好幾個冬天。

「適者生存，不適者淘汰啊。」娜娜說。

「我大概餵過這隻花貓的老祖宗。」蘇阿姨摸摸花貓的頭，牠便四腳翻天在地上打滾，熟稔的樣子看來真是前世就結緣了。

「只是想不到我們也被淘汰了啊。」蘇阿姨無奈地說。「不過娜娜，妳還那麼年輕，不能就這樣活著。我說，妳還是得去律師樓試試看……」

「我們店關了以後，這些貓怎麼辦呢？」娜娜轉移話題。

「怎麼辦呢？不知能不能指望愛米？」

「看來是沒指望了。」娜娜說。

紐約實行了居家令，一般人除非必要，盡量減少外出。住在破舊小公寓裡的娜娜環顧四周，下定決心和這房間好好相處。這房間小到擺了張床、一張書桌、衣櫃，就放不下任何東西了。於是，她的二十七吋深藍旅行箱就成為藏書櫃，塞滿跟了她好幾年的書。有的已經被翻得破破爛爛，但她還是帶著它們浪跡天涯。她挑了幾本書，放到書桌上，打算趁這突然的假期重新閱讀。桌上一臺容易過熱的舊型筆電，時時發出低頻的機器運轉聲，現在城市安靜了下來，這機器運轉的聲音忽然就大了好幾倍，在娜娜耳膜間來回磨蹭著，反把娜娜攪得心煩氣躁，只好又把書放回了箱子裡。

不想看書的她成日瀏覽著網路，但每則訊息都挑起了她敏感的情緒反應，她跟著各種新聞生氣、同情或傷心，但離開螢幕後，她就忘記了剛剛點開的影片和新聞。而那些不熟的、久沒聯絡、她不喜歡或曾經喜歡的人，也像是深海裡冒出的泡泡，帶著神祕的氣息勾引著她一一點開視窗：謝謝老公請我吃米其林三星大餐，愛自己就從入手桃紅凱莉包開始，升職成功離夢想又進了一步……這些娜娜忙碌時完全沒有興趣觀賞的他人的人生，終於找到機會鑽進了娜娜的視野裡。

娜娜關上電腦，但人腦裡仍不斷發出高頻鳴叫，娜娜不得不站起來四處踱步。窗外突然響起雷聲，大雨將至，娜娜迅速衝進廚房，把簡陋的窗戶關好。這窗戶多年失修，只要下起大雨，雨水就沿著隙縫流進室內。不管娜娜怎麼用障礙物阻擋，雨水都能快速找到鑽進室內的路。

娜娜泡了一杯咖啡，拿來個小凳子，就坐在窗邊守著，一有雨絲滲入，娜娜便用抹布擦掉。有多長的時間沒有好好凝視一場雨了？大樹的枝葉隨風搖曳，忽緩忽急。原來不同的樹還有不同的聲音呢！窗前是一棵有著細小葉子的槐樹，風吹來時便發出洗米時米粒流動的聲音；更遠一點是一棵巨大的苦楝樹，風雨來的時候，它先是發出野獸般的低吟，然後便像海浪似的，帶著一波又一波的怒吼洶湧地往窗戶襲來。娜娜索性閉上眼，練習用聲音辨認風的來去。

沒有人聲與車聲，只剩下樹與雨，這是任誰都沒有經歷過的紐約。能親眼目睹這番景象的娜娜開始覺得有些榮幸了。一整日，她就這樣趴在窗前，像是欣賞曠世奇景一樣盯著樹梢瞧。

有人說若染上了病毒，肺部嚴重損壞的患者就會像溺水一樣難以呼吸，活生生地缺氧而死。望著窗外的雷雨，娜娜好不容易得到的平靜又因為懼怕生病而消失。她感到心裡溼漉漉、沉甸甸的，像是窗外的大浪終於打碎了窗，直接沖進她的心室裡。海水在左右心室間迴蕩穿梭著，娜娜頓時失去了重心。

娜娜在深夜常常穿著全黑的衣裝，戴著黑色口罩在街頭巷尾晃蕩。娜娜一人走到老闆的餐廳，店門是拉下的，整棟樓也沒有亮燈，娜娜便繞到後巷，輕鬆地撬開通往後院的柵門。院子裡漆黑一片。娜娜用手機的光照著，方能辨識花花草草。雖然蔥都枯掉了，辛夷花也全謝了，但樹上的綠葉已茂密繁生，延展成濃密的林子。娜娜蹲在地上，學貓叫了幾聲。黑暗中兩三對晶亮如鑽的眼睛便閃爍了起來，有的圓滾滾，有的則是衰衰的倒三角形。娜娜找到蘇阿姨藏飼料的玻璃罐，便挖了幾勺撒在地面。一陣窸窸窣窣，貓兒此起彼落從草叢中跳了出來。

娜娜坐在黑暗裡，只聽見貓咀嚼飼料時規律的咬合聲，不出多久，這些貓便又陸陸續續跳回了草叢，四周回復一片寂靜。平常這時候路上還有很多車，有些車裝了車外喇叭，駕駛毫不羞愧地和路人分享俗氣的音樂。路口時有交通衝突，車鳴喇叭與行人的叫囂聲震耳欲聾，讓人心浮氣躁。但今夜，居然連蟋蟀在草叢裡吟唱的聲音都聽得非常分明。

失控的疫情為這城市按下了暫停鍵，這曾是娜娜求之不得的事。她多希望世界能停止運轉，等她準備好了再繼續前進。她像是泡在海水裡，一開始舒服得很，照著自己的速度、順著波浪的起伏，輕鬆浮游著；但一回過神來，娜娜卻已經漂到看不見岸邊的海中心，她失去了方向，周邊再也沒有熟悉的人，此時的她又覺得無比慌亂與孤單。她還要繼續這樣漂著嗎？還是趕快游上岸去？但起點在哪裡？終點又在哪裡？

當身體感受到了緊繃的情緒壓力，便會結成硬石一塊，往深海沉去。娜娜忽然下墜，但越是掙扎，往下陷落的速度就越來越快。她趕緊告訴自己，放輕鬆，只要專注於當下，專注於自己就好。世界太大，只要還看得見自己的身體，就不算是迷失。她便在自我說服中慢慢鬆緩，終於又浮上了水面。四周終於又是一望無際的藍。

「就算這個世界永遠暫停，也沒什麼不好。」娜娜心想，「終於，大家都跟我一樣被困住，那我也就不算被困住了。」

夏季正式來臨的時候，城市街頭又突然湧起了人群，抗議警察對非裔民眾執法失當。晚上八點城市實施宵禁，任何人都不可在街上逗留。娜娜只好繼續待在家裡，看著抗議現場的直播。站在報導者後頭的女孩拿著寫有 Black Lives Matter 的標語，雖只露出眼睛和頭髮，但娜娜認得出來，那就是愛米。

娜娜決定也出門去看看。

路過葬儀社的時候，娜娜心裡暗唸著平安咒語，加快腳步前進。這陣子人死得太多，葬儀社內的冰庫早就不夠放，只好從外頭調來了一個貨櫃，把放不下的屍體都移到冷凍貨櫃裡保存。冷凍儀器轟隆隆地二十四小時響著，發出擾人的噪音。但之前竟有葬儀社為節省經費，租了個沒有冷凍設備的貨櫃，把送來的屍體橫七豎八地塞進去。天氣熱，屍體都熱出了油水，便順著貨櫃車的地板流到了外頭的柏油路上。惡臭的血水引來大批蟲子，經過的行人嚇得報警，事件才爆發出來。

娜娜在廣場上繞了兩圈才看見愛米。娜娜走近，愛米略感驚訝地與她打招呼。愛米手上拿著相機拍第一手的現場紀錄，準備剪進頻道影片裡。沒有正式居留身分的娜娜害怕被錄進影片裡，匆匆離開。

娜娜放眼望去，除了零星的幾個亞洲年輕人以外，抗議現場幾乎看不見任何中年與老年的亞洲人。也是，娜娜認識的那些華人老闆多半小心翼翼地守著自己好不容易建造的事業。若有什麼風吹草動，他們都會在第一時間把自己安全地塞進洞裡。洞口拿個石頭擋一下，就能暫避風頭看不見爭議了。身為在美國出生長大的第二代華人，愛米因此像是個多管閒事的叛徒，難怪與堅守家業的老闆在大大小小事上都爭執不斷。

娜娜在紐約孤身一人，雖沒有家族的支持與資源，但也意味著生活自在，沒有什麼衝突，她一個人想做什麼就做什麼。不過，娜娜始終沒有加入遊行，她覺得這些事離她非常遙遠。她現在只想把接下來兩個星期的菜買齊，只要冰箱是滿的，她就心滿意足了。

那年初冬，世界又回到正常狀態。週五夜裡的地鐵滿滿的人潮，有人眼神疲憊正趕著回家睡覺，有的精神亢奮準備去喝一杯。快三萬人從這個城市裡消失了，但世界不因為這些人的消失而改變什麼，地鐵還是一樣擁擠，紐約還是一樣繁華。娜娜回到老闆的店裡工作，蘇阿姨也回來了，薪水微薄，但她每個月仍看了幾次舞臺劇。

入冬的紐約十分多雨，而這些雨不像初夏的雨那樣大吵大鬧。冬天的雨細細軟軟，沒有太大的聲音，但氣溫總會隨著雨的到來而驟降。在這樣的雨夜，娜娜陷在深深的睡眠裡，卻常常突然被低溫冷醒，彷彿有人拿著冰水往她的頭上澆去，醒來後總是一陣悵然若失，不知自己身在何處。

那日整夜大雨，原本熟睡的娜娜突然像受到雷擊一樣直接從床上跳起。她衝進廚房，果然大事不好，廚房的窗戶沒關，這雨已經蔓延到室內，在廚房裡造了個小湖。原本隔天打算拿出去丟棄的兩個爛洋蔥，優哉地漂浮在水面上，看見了娜娜，便同心協力地漂到她腳踝邊，示威一樣地搖晃著。娜娜看著這不知從何清理起的淹水，忍不住抱著頭大叫了起來。她第一次感到自己的處境寒酸，她想起蘇阿姨的話：「娜娜，疫情都過了，妳居然還是選擇回來原地。我真不敢相信。」

過幾天，娜娜坐在開往曼哈頓的列車裡，下午一點她有個面試，是華人律師樓的文書工作。娜娜拿出小鏡子看了一下自己臉上的妝，補了下豆沙色的唇膏。車外的霧氣緊緊密封了窗，原本的高樓都消融在霧裡，往外望去整個世界白茫茫一片。

中午的列車十分空曠。兩個猶太老奶奶正輕聲地和彼此交談，她們的孫子在旁邊看著繪本。其他大人們則專心盯著手機。強勁的風忽然把一陣雨拋打在窗上，發出了鞭打野獸的咻咻聲音。受到驚嚇的人同時抬起頭來，發現只是雨聲，又陸陸續續地低下頭去。在風雨中前進的列車走得比平常還慢些。但突然間，列車卻煞車不再前進，停在大橋的中央。

兩個老奶奶還是不動聲色地交談著，大人繼續滑手機，只有小孩子把臉抵著玻璃，想看看外面發生什麼事。

「別這樣，很髒。」老奶奶嘗試把小孩拉回座位。

一個年輕男子走到了對講機旁詢問列車長。列車長答：「信號燈出了點問題，我們只能先等它修好才能繼續前進。」

「那要多久呢？」

「這無法估計，請耐心等候。」

過了二十分鐘列車還是沒有半點動靜，娜娜和其他人一樣頻繁地看著手機上的時間。十二點三十五分，娜娜只剩下二十五分鐘。

五分鐘後，年輕男子在車廂裡開始不安地踱步。突然間，他開始使出全身的力氣扳開車門，脖子上的青筋看得一清二楚。

「我今天不能遲到。」他一邊面露猙獰地用力拉門，一邊和車廂裡的人解釋。

「我也不能。」娜娜站了起來，衝到他身邊幫忙。

門打開的時候，一陣狂風將雨水撈起，然後狠狠地吐在他們臉上。娜娜閉上眼，冰涼之感直抵她的脊椎根部。等她張開眼的時候，她已身處於濃霧之中，看不見前方的路。男子要她跟著他，小心腳下的鐵路軌道。他們站在鐵橋的高處，底下是洶湧的大河，但娜娜不敢往下看。

「妳膽子還真大。」男子一邊說，一邊加快腳步：「我們要走快一點，要在列車重新啟動前走下橋，不然就糟糕了。」

娜娜剛抹掉臉上的雨水，新的雨水又覆蓋上來。「好！」她拿出決心緊緊跟著。風吹動了遠方的烏雲，突然一陣光芒從雲朵的縫隙篩下。娜娜定睛一瞧，光線亮澤之處竟是霧綠色的自由女神像，她從來沒在這高角度看過自由女神，它因此變得好小，好不起眼。

但再往更遠的地方看去，好像有一座小小的島。島的上方剛好無雲，在光照下，原是鐵灰色的小島折放出晶亮的銀光。站在大橋上的娜娜努力地想看更多更細，但這島被薄霧圍繞著，像穿了一層細緻的白棉紗。

男子拍了娜娜的肩膀，示意要她繼續前進。娜娜於是把眼前的雨水抹乾，把專注力集中在前方的路上。寒氣與冷風像針一樣刺著娜娜的皮膚筋骨，每一步都走得十分痛苦艱辛。到終點的時候，她的臉色慘白，手掌凍成豬肝般的暗紅色。但他們做到了，彼此交換了一個真誠的微笑。

年輕男子跟她道別，便跳入計程車中，往他的目的地前進。娜娜很羨慕他，他充滿了實現目標的魄力與勇氣。

娜娜看了一下錶，她還有十分鐘。若此時叫了臺車，她應該可以準時趕到。

但娜娜沒有這麼做，她的心異常滾燙。她一直繼續往前走，遇到紅燈就停，綠燈就前進。記得第一天抵達紐約時，她也是這樣讓滾燙的心帶著她前進，那時她還有好多好多的夢想。

可憐的小東西

李雀海坐在黑暗的餐桌前喝咖啡，她的身體還帶著剛起床時脊椎僵硬的疼痛感，不由自主轉動了幾圈脖子，發出喀喀的聲響。她瞥見了指著五點五十分的時鐘，便迅速起身把咖啡杯放到水槽裡，接著走進房間，做出門前最後的梳妝。

李雀海凝視著自己眼角的細紋，想用點什麼遮掩過去，但找了一陣才發現早沒有那些昂貴的化妝品，自從用完後就沒再補貨了。李雀海很能接受自己相貌的平凡，知道自己不會因為多幾抹胭脂就變得出色。她長得正如她所屬的年齡該有的樣子，皺紋埋伏在眼周與嘴角，只在笑的時候突然竄起。這種不特別衰老，也不特別年輕，別人看了不嫉妒，但也不會留下記憶的長相，對李雀海來說就是一種方便。

李雀海出門的時候，天都還沒亮。這世上彷彿就只有她一個人。她繞過了刷著褐黃色外牆的公寓，往停車棚走去。這一排公寓都長得一模一樣，甚至連住在這裡的人也長得差不多，遇到鄰居時她常常搞不清楚他們到底住在A棟還是C棟、樓上還是樓下，就像鄰居也永遠搞不清楚李雀海是誰、住在哪兒。大家總是禮貌地互相打個招呼，就低下頭來各自前進。

但除此以外，李雀海感到這些公寓的相似並非只有視覺上的雷同而已，可能還有更多更深，更核心的連結。若非朋友的貓引導她這麼想，她可能從未察覺這層。

朋友出國的時候，請李雀海照顧貓。毛髮蓬鬆像大松鼠的長毛橘貓，個性優哉溫和，常懶散地在冬陽下伸展身子。但有日早晨，李雀海卻怎麼樣都找不到大橘貓。李雀海往陽臺一瞧：不妙，小門是開的。她背著外出籠、玩具、貓最愛的零食，在社區中間花圃不停叫喊貓的名字。這時，一位用毛巾擦著溼髮的女子，向李雀海揮了揮手。

「找貓是吧？在這裡喔。」女子擰了下溼漉的髮尾說。

李雀海頓時放下了心中大石，往女子所在的階梯跑去。等到李雀海打開女子公寓陽臺的小門，這才明白了橘貓的邏輯。

女子公寓在A棟建築的東側一角，正如李雀海的公寓在外形完全相同的D棟建築東側一角。女子在陽臺上擺放著房屋公司免費提供的紅色大陽傘和躺椅，李雀海的陽臺也有同樣的一套。從陽臺望去的景象幾乎和李雀海房裡能看到的一樣：幾棵挺拔的棕櫚樹、平整的草地、遠處有兩座光禿明亮的石山、天空上有幾朵形狀相似的棉花雲。橘貓像往常一樣，把前腳收進肥肉裡，毫無牽掛地坐在躺椅上。

「這小可憐已經在這裡半小時了，快帶牠回家吧。」女子說。

「牠看起來可是一點也不可憐啊。」沒發現自己處在另一個平行空間的橘貓，用俯瞰太平盛世的慵懶眼神回頭看了李雀海一眼，彷彿在喝斥李雀海大驚小怪。

李雀海迅速將橘貓打包，還不忘回頭致謝幾次。等到回家以後，李雀海才覺得女子異常眼熟：即將步入中年，五官平凡，及肩的微捲髮，戴著一副大大的眼鏡，住在這毫無特色但卻十分安全的公寓。若不是因為女子是白人，不然還真像自己。

李雀海在臺灣出生長大，大學時才來到美國。有人說她運氣好，一來就來到氣候溫暖的加州，不必適應其他地區的嚴寒。她當然同意，但她所在城市I卻十分不尋常，不像加州其他地方有著天然的悠閒感，此地因被財團所持有，造鎮前早有精密的城市規劃。因此，街道不只整齊乾淨，沒有任何多餘雜沓的存在。每個街角都種著同樣高度、同樣嫩綠程度的棕櫚樹，李雀海只差沒去數那樹幹上有沒有相同數量的樹環了。就像存在於電腦遊戲裡的虛擬之城，此城充斥著太多相似的物件，彷彿只是程式自動複製貼上而已。然而，人類的感受畢竟還是不那麼精準的，若連貓——並非只用視覺辨別環境的動物——都被這相似性給混淆，這就讓李雀海有些好奇了。

但李雀海好奇的事，卻不只這一樁。

平常李雀海九點前進辦公室就好了，但最近她總是天還未亮就出門。她急躁地想盡早開進山中的二六一號公路，去釐清一件對她來說非常重要的事。這件事是從她改變上班路線才開始發生的。

上班那麼多年，一直到最近幾個月她才決定走這條付費山路，好躲開平常公路的擁擠車潮。若是在清晨時開進山路，路上幾乎沒有半臺車，就只有她的老車奔馳在這又寬又長的道路。幽微的晨光從大石縫中透出，將附近的路面暈染成溫和的柔金色。李雀海迷戀在金色道路上開車，其服貼的感覺就像她裸身滑進了由金色絲綢製成的被單。

公路的入口在I城的邊緣，車子沿著山壁蜿蜒而上，I城逐漸降落到腳下。到半山腰時，車子已經被整片的原始山岩所籠罩，再也看不見I城的樣貌。對李雀海來說，I城彷彿被一個巨大的透明泡泡所罩著，裡面的生物都在一種調和過的氣溫、顏色裡生活，沒有人會接觸到汙濁的空氣或尖銳的沙塵，人們面帶微笑，沒有劇烈的情緒起伏。進入這座山後，便離開了I城的行政區，也就代表著脫離泡泡的保護罩：風變得強勁、陽光變得灼目，危險也會到來。

第一次發生的時候是在早上六點左右。古典廣播電臺的早晨節目正好開播，主持人正以巴哈的曲子和聽眾道早安。突然間，本來還很晴朗的天氣突然出現了濃霧，一開始是純白的霧氣，接著，開始變灰變濃。這些霧氣是呈團狀的，一球球浮在眼前的路上，像是一幅超現實畫作。這些霧球不是固體，車子開進去總還是能開出來，沒什麼好怕的，是吧？

李雀海沒想太多，甚至讚賞起黑暗的霧球與背景陽光形成的強烈對比色。

就在李雀海撞進了第一顆黑霧球時，事情發生了變化。廣播臺的音樂突然停止，只剩下接收不良的雜音。進到第二顆黑霧球時，車子顫了一下，李雀海還來不及反應，音響裡卻傳來了像樹林雜枝摩擦作響的聲音。那樹枝摩擦作響的聲音時緩時急，聽起來就像力氣龐大的鳥正振翅穿越著迷林：有時飛得快些，掀起了一波又一波的葉浪，從近處擴展到看不見的遠方。有時全然靜止，大鳥停在樹枝上瞻望，壓得細枝產生啞啞哀鳴。

這絕對不是無意義的雜音，而是非常清楚且有意識的，來自深林裡的環境音。

這下李雀海寒毛直豎，膝蓋也不由自主地抖動。但與其說是害怕，不如說是產生了一種前所未有的敬畏感。她全神貫注地開車，等到離開了霧團，從山頂再開到山底時，背已經溼了一片。古典樂電臺的廣播又若無其事地繼續播放著，只不過不再是巴哈，而是小約翰・史特勞斯的圓舞曲。

就在李雀海想要喘口氣時，卻突然在路中間看見一個白色毛茸茸的巨大物體。她為避開物體快速右切，車子失重劇烈晃盪了一下。但幸好左右無車，也並無壓輾到物體。她減緩車速，停在路邊，再走回去查看。

那是一隻好大的白鷹。牠動也不動地側身躺在路上，左側伏地，右側的翅膀半張。半張的翅膀竟有小孩的手臂那麼長，牠的臉半藏在羽毛之下，炯炯有神的眼睛盯著她瞧。為了確認牠究竟是生是死，李雀海對著牠的眼睛叫喚著。李雀海感覺老鷹一氣猶存，不然不會用這樣看進李雀海靈魂的方式看著她。李雀海趕緊聯絡了野生動物救援單位。

「還活著嗎？」

「還活著。」李雀海其實不能保證，但這麼說也許能讓他們更願意幫助。

「有辦法先移到安全的路邊嗎？」

她走近大鷹身邊，覺得這任務異常困難，她不知大鷹是否會突然躍起而傷害她。她先試探性地推了一下，大鷹卻完全不動，隨著身體角度的改變，此時牠不再瞪著李雀海，瞳孔隨著身體的傾斜滑向一邊，凝視著道路。這大約是死透了，李雀海只會在魚攤上看見這樣張著大眼但卻完全沒有生命跡象的眼睛。

李雀海從雙翅背後小心捧起老鷹身體，手指穿進了厚厚的羽毛裡。老鷹沒有溫暖的體溫，但也不到僵硬，倒是比想像中的還要沉重。她沒走幾步路，大鷹原本收著的那隻翅膀卻忽然唰一下往地面敞開，像一把沒收好便突然打開的大扇子，嚇得她差點把白鷹丟回地上。

「我看是死了，那要怎麼辦呢？」李雀海完成任務後，繼續向電話裡的人請教。

「那沒辦法了，就等我們的清潔人員去收屍體吧。」

「真的會來收嗎？」

「會的，只是這季節，公路上到處都是這樣的動物屍體。我們也不知道什麼時候會收到那邊。」

「那還是請你們務必早一點來，別等到牠都爛了。」

「那也是沒辦法的事，真是可憐的小東西。」

李雀海掛上電話後沒有馬上離開，還是站在白鷹的身邊。她站在路邊，看著尖峰時間來往的車輛，大概每一個人都正趕著去上班。她不知道自己在等什麼，為什麼停下來，為什麼最後又坐回了車，就這樣離去？

很多時候，李雀海都不知道自己的人生在等待什麼、在忙碌什麼。李雀海在一間私立大學的附屬美術館擔任約聘行政職員，這是原本想當藝術家的她經歷了無限挫敗後，最後的歸屬。工作內容十分簡單規律，除了聯絡藝術家、管理場地以外，每幾個月，李雀海還會手寫許多募款信，一封封寄到有名望的校友手中。她常常摸著燙金邊的信紙，想像這些從未見過面的人到底過著怎樣成功的生活：是否自由自在、是否有成就感……。李雀海的人生在很多老同學的眼中看來，並不算失敗。當然有些同學在藝術界混得有聲有色，但更多的要麼家徒四壁，要麼早就轉行拉保險。因此，當聽到別人對她這麼說：「這工作很適合妳」時，李雀海得要心存感激，彷彿她天生就不該是個藝術家。

李雀海日日像機器人般重複著一樣的工作，沒有人會感激她，但也沒有人會奴隸她。她心底曾有股熱騰騰的滾燙岩漿，正在冷卻石化，她漸漸失去了細膩的感受，失去了那些突然想要拿起畫筆的衝動。美術館裡空無一人的下午，李雀海在展場裡緩慢地巡視。時間不再抽象，而成了窗前流逝的光影。她看見樹與建築的影子有時各自蹲踞在角落，有時緩緩地爬動，有時層層疊累在一起。李雀海為它們歡呼：終於，終於在這裡相遇了。樹與建築不會知道它們在第三個空間裡共度了一段交織的時光。李雀海認為自己也許正像這些光影一樣，默默地經過了誰，或者讓誰經過了，只是自己不知道。李雀海只有在這些時刻，才會真心感激這份「很適合她的工作」，畢竟她還有這樣的時間胡思亂想。

那些寄出去的募款信大概沒有太多的功效，美術館的經費仍然不足，她的職位還是被裁掉，這個很「適合」她的工作終究還是保不住了。那一天主管叫她進去辦公室，花了十分鐘讚賞她的工作能力很好，就像在讚賞一個會從一數到十的小孩一樣，既敷衍又客套，明顯是沒話找話說。接著直直地盯著她的眼睛，告訴她這個消息。

「我知道，這不好受。可憐的小東西。但我相信妳一定會沒問題的。」

李雀海覺得有些難堪，不知道眼睛要往哪裡看，但還是回答：「沒事的，別擔心我。」

這天李雀海接到主管電話時還有些訝異，以為事情發生轉機，誰知道不過是一些手續交接上的事，需要她回去一趟。李雀海願意多走這一趟，倒不是為了誰，而是為了再走一次每天上班時走的山路。她已經持續遇到同樣的事情好多天，但她還是理不出頭緒。好像冥冥之中，有一個她無法理解的新秩序正在運行著。

那日風大。小車很輕，每次大風一吹來，車子便開始失去控制，在路面游移，若不小心就會被吹落山谷。每次車子一偏離軌道，李雀海的心臟就變得又酥又麻，有種被什麼緊緊捏住的感覺。開到至高處時風更大，突然飛來的風滾草在路上左右閒晃著。李雀海放慢了速度，小心閃避了幾球，但還是有些來不及閃躲，不得不從中輾過，發出了像洋芋片的脆裂聲音。

在這危急時刻，流行樂臺的音樂又消失了。慢慢取而代之的是真空的，像是在隧道裡通行時的回音。這些無法構成字詞的聲音，在車裡扭曲迴蕩著。她試著改換手機裡的其他歌曲，但手機螢幕卻凍止了無法滑動。沒錯，它又來了。但這一次她並不害怕，反而有種終於等到了的感覺。

這一次，她聽見了均勻前行的腳步聲在隧道裡迴蕩。腳步聲似乎非常自信，即使隧道錯綜複雜，急促的風聲常被切斷阻擾，但腳步聲總是不停歇。車內的空氣也慢慢變得潮溼陰冷，彷彿處在地窖之中。

是不是只有我會聽到這樣的聲音呢？李雀海非常困惑，她試圖超過右前方的車，車上的男子正愉快地和坐在隔壁的另一個女子說話。他們顯然並不為任何事感到困擾。果然，在公路的盡頭，橫躺的不明物體又迎接著她。

這次她提前停下了車，小心翼翼地走向它。李雀海瞇著眼不敢直視，希望路邊的物體只是個爆廢的輪胎或是車子脫落的零件。

很不幸地，那是一隻死亡的未成年浣熊。

牠全身縮成一顆球狀，長長的斑紋尾巴獨留在球外，在風中毛髮舞動似浪。這成了辨識牠身分的證據。

旁邊的草叢傳來了窸窸窣窣的聲音，她定睛一瞧，發現其他幾隻活著的浣熊，正小心翼翼地直視著她，那眼神充滿了害怕與猶疑，似乎隨時會再衝出來路面。李雀海回到車裡，按了幾聲喇叭，確定把牠們全都嚇回到山裡，才安心地站在路邊等待。

李雀海在路邊整理一下思緒，得出了這樣的結論：如果她準時在早上六點進山，車裡的音響必然會接到奇異的頻道，這些聲音通常與某種動物的棲息環境有關，像是在牠們身上放了個收音器一樣，然後在她的車子裡被播放出來。而後，她會在道路的盡頭見證牠們的死亡。從大鷹、浣熊，到野兔、山貓。有時是血肉模糊的個體，被撞歪的壓扁的。有時，竟然是整個家族，一隻一隻排列在地上，像被隨意丟棄的破玩偶，一路迤邐幾十尺。

李雀海從來沒看過任何人為此停下車，有的甚至，連繞過屍體都嫌麻煩，就直接輾壓過去。李雀海相信大多數的人都會感到憐憫，不少駕駛在經過時，都會瞬間閉上眼睛，心裡嘀咕幾句，可憐這被壓輾撕裂得不成樣子的小東西。憐憫是一種善念，總能讓這些可憐的小東西長出翅膀，往極樂世界飛去。然而，同情心總是像山谷裡的霧與雲一樣來得快、去得也快。只要駕駛繼續專心開著車、或接了一通電話、或聽了下一則的廣播，憐憫感就瞬間消失了。那麼，那些正在往西天飛去的小東西，剛長出的翅膀是否會斷裂，是否會像一陣雨一樣，零落的屍塊又劈劈啪啪地掉落在地面上呢？

不再需要準時進辦公室工作的李雀海，將車停在路邊。這次她不再煩請政府單位，打了民間義工「瓦倫先生」的電話。在網路上，他標榜著「隨打隨到，即時收屍」。

瓦倫先生開著一臺破舊的藍色豐田卡車，不到二十分鐘就抵達。他的頭髮灰白，戴著鏡面漆掉成斑駁塊狀的太陽眼鏡，穿著領子只翻出一半的紅灰格子法蘭絨衫，老舊的牛仔褲則塞進了膠靴裡，一副慵懶剛睡醒的樣子。瓦倫先生從車裡走出來，一拐一拐朝著李雀海走來。

看著跛腳的瓦倫朝她走來，李雀海呼吸有些加速。瓦倫先生不太像是I城裡常見的居民，那裡人的穿著總是潔白乾淨，眼睛與嘴唇都浮著彷彿精算過的微笑弧度，開心時嘴角也不會多往上揚一度，被冒犯時也不會將嘴角往下凹任何一度。但瓦倫先生下車時，遠遠看著李雀海，臉上卻沒有任何表情，一直到快走到李雀海身邊時才突然用相當大的音量說：

「是妳打的電話啊？」

「是我。」李雀海全身站直了回答。

「這次是什麼？」瓦倫先生往四周看了一下。

「大概是浣熊。」

「多大？」

「不大，大約貓的大小。」

「這樣啊，那可能附近還會有其他家族成員的，妳只看到一隻嗎？」

「嗯。」

瓦倫先生在路邊逡巡了幾趟，確定沒有其他屍體以後，他便走近那隻背對著路面、身體曲成彎月形的浣熊。突然間，他竟然伸手去翻了牠的身體，沒有心理準備的李雀海震了一下，想伸手去阻止。幸好浣熊的血泊都已乾涸，身上的毛髮倒是乾淨，翻過來時牠只像是在深眠。

瓦倫從口袋中抽出了兩個手套，俐落地戴好，把雙手小心地穿進浣熊屍體底下，再輕輕抬起。李雀海以為專業人員總有什麼道具起降機之類，好讓自己不用接觸到這些屍體，但瓦倫竟然用自己的雙手把浣熊抱到卡車後廂。

「你會怎樣處理這隻浣熊？」

「牠還乾乾淨淨的，這種動物園會要。」

「你把牠送給動物園，用牠的肉拿來餵其他動物嗎？」

「不，不是送的。用賣的。」

「我以為你是義工……」

「對妳來說，我是義工沒錯，我幫忙清掉了擋在路上的障礙。」

「但牠不是障礙。」

「那妳為什麼打電話呢？」

「我……我不忍看到牠躺在這邊。」

「哈。」瓦倫先生忽然大笑，這種笑對I城的人來說，已經近乎野蠻。「那不是一樣嗎？我不是在免費幫妳清除心裡的障礙嗎？」

李雀海突然不知如何回應，臉上的線條變得僵硬。瓦倫的話好像戳破了什麼假象，她的臉先是感到一陣熱辣。原來，她多做了這些事，好像到頭來也不過是讓她自己心裡好過而已。她和那些無視一切就揚長而去的駕駛，到底有什麼差別呢？接著，李雀海想到了眼前這隻浣熊接下來會面對的待遇：牠會被肢解、被切割、被冷凍，再被那些齜牙咧嘴的餓狼給撕碎咬爛。她渾身起了個冷顫，臉色從燥紅轉為青紫。

瓦倫先生察覺了她的轉變，一邊重新關上卡車的後門，一邊說：「妳也不用想得太多，這還是件對大家都好的事。想想，這屍體曝晒在車子行進的路上，沒有其他野生動物可以接近，到頭來連牠的死亡都浪費了。至少，牠現在可以讓其他動物維持生命。再來，不馬上帶走的話，會有更多牠的家族成員不怕危險，跑上來圍繞探視，到時候，就不是只有一隻浣熊倒在路邊了。」

李雀海想到她曾經看過整個動物家族大大小小慘死在路上的畫面，不禁把雙手遮住眼說：「我明白了。」

「總之，謝謝妳的來電。再見。」

「等等，你都在這個山區服務嗎？任何時間打電話給你，你都會來嗎？」

「是的，小姐。」

李雀海突然有種心安的感覺，至少未來，她不是一個人面對這些事。

李雀海記得在高中時，初夏到來的那一天。

臺北的氣候逐漸悶熱，空氣裡總是有種潮溼氣味，學生早就對學校生活不耐煩，倒數著暑假來臨的日子。教室旁的大樹上爬滿了蟬，總有一兩隻特別愛當領導者，先是獨自高聲放歌，其餘的陸陸續續跟上，最終成了同聲一氣的大樂隊。午休時，李雀海趴在桌上小憩，儘管額頭與手臂接觸的地方完全溼漉，但她還是很快地在蟬鳴的陪伴下睡著了。

突然間，一陣如小鳥搶食般細碎而尖銳的聲音吵醒了她。她抬起頭的時候，周圍的同學都瞪大著眼盯著她看，並交頭接耳地細語著，她的手臂還感到麻木，眼神還模糊游離，四周的景象似乎還失重飄浮在空氣中。

就在她想移動雙腳的時候，她聽見了鄰座同學恐慌的細聲尖叫。

「怎麼了？」李雀海十分困惑。

突然站起來的瞬間，李雀海便明白了一切。

她的腳底黏著一塊紙板，這紙板不是普通的紙板，而是不知從何時開始，放在教室角落專門用來黏蟑螂黏各種蟲類的紙板。她看了一眼原本塞在教室前門的那張，果然不見了。那張紙板上早就黏了一隻日益瘦弱的壁虎。下課的時候，大家偶爾會湊近觀察，但看完又塞回那角落，沒有人同情，沒有人在乎牠的生死，更沒有人知道該怎麼辦。大家都希望哪天牠能自己消失，然後牠就這樣慢慢被遺忘了。

現在牠就在李雀海的腳下，不出一點聲音。

「太噁心了。」有人開始議論。

「對啊，好可憐，活生生被踩死。」更多人開始發表類似的意見。

被視為兇手的李雀海腦袋沸騰，覺得一陣憤怒：「是誰？是誰把壁虎放到我椅子下？」

當然沒有人承認。

教室裡又恢復一片安靜，此時窗外的蟬叫也正好全部安靜下來。

「不管是誰放的，反正壁虎橫豎都是會死。現在這樣，妳是在幫助牠早點脫離苦海啦。」有人開始出現新的論點，李雀海聽不出來是安慰還是諷刺。

「長痛不如短痛。」附議的人又開始發聲，就像是一窩蜂朝著糖粉爬去的螞蟻。

「哼。妳這麼好心，為什麼不自己親自殺了牠？」李雀海冷笑了一聲。「居然要我一個人來背這個黑鍋？」

李雀海覺得既委屈又憤怒。但她知道在這群人面前，她絕對不能示弱。她把身體的重力移到另一隻腳，跳開了座位，再大力地把椅子摔進桌子裡。全班的學生都因此顫了一下。李雀海一路單腳跳出了教室，在跨過教室門口的時候，不忘大聲抱怨著：

「幹，真衰。」

她將水龍頭開到最大，水聲濺在洗手臺的聲音十分刺耳。但她需要這些吵雜的聲音來遮蔽掉內心的害怕。她把腳抬高，紙板緊緊地黏在鞋底，在正方形的紙板周圍，那溢出來的小小小小的橘膚色像手指般的肉，已經溼溼爛爛。李雀海深吸一口氣，持著用沙隆巴斯膠布拔腿毛一樣的果敢之心，大力快速地拔開腳下的紙板。

這世界，往往以殘忍來對待殘忍。

李雀海之後又聯絡了幾次瓦倫先生，而他也如同先前所承諾的，每次都火速趕來，從不讓她等太久。瓦倫先生做事總是乾淨迅速，即使是對待已死亡的動物，也不見他行事粗魯。面對小型動物，他總是恭恭敬敬地雙手抬著；遇到體型較大的動物，他也絕不會拉著牠們的腳在地上橫拖著。他會先在旁組裝好小推車，再設法把動物抬上推車。除了一些大型的哺乳動物，動物園是不收體型特別嬌小的動物和鳥類的，這時候瓦倫就會帶牠們去焚化廠。這樣的話，他便一毛錢也拿不到了。即使如此，不管是怎樣的動物遇害，只要打通電話，他都會出現收屍。

「為什麼總是妳打電話來？」瓦倫先生開始覺得懷疑，「該不會都是妳撞到的吧？」

「當然不是啊。這世上哪有這樣的人，特地開車來撞動物的？」

「怎麼沒有，有些人會在路邊等著鹿群經過，再故意撞牠們。」

「為何呢？」

「就為了取鹿頭。撞死了鹿，在路邊把頭割下帶回家掛著。因此，我收屍的時候，就只剩下身體，鹿頭都不見了。」

「要命。」李雀海把雙眼遮起來，不敢想像那畫面。

「既然不是妳撞的，難道妳是刻意在山裡巡邏？」

「可以這麼說吧。但也不是四處找，我能感覺到牠們會在這一帶出現。」李雀海不知道怎麼解釋她所遇到的奇怪經驗，只好含糊地補充：「我能聽見牠們死亡前的聲音。」

「嗯哼。是求救的聲音嗎？」

「不是，是進入了牠們的世界，聽到了牠們生活時的聲音。這太難形容了，你大概不知道我在說什麼吧。」

「雖然不是很明白，但我想這世界上什麼樣子的人、什麼樣的事都有。」

「這樣吧，也許你也聽得到，你想不想試試看？」李雀海有點興奮地提出邀約，但一說出口，又怕瓦倫覺得她有些不正常。

「如果妳說的是真的，我確實是想聽聽看。」

「那你明天跟我一起上山。」

這一天清晨，瓦倫把卡車停在李雀海的社區裡，再坐李雀海的車一起入山。

李雀海到現在才知道原來瓦倫是打過越戰的退伍軍人，腳也是在戰爭的時候弄斷的。瓦倫在I城裡開了十幾年的垃圾車，退休後才開始在山路搬運清理動物屍體。

「為什麼跑來做這個啊？」李雀海問。

「像我這樣熟悉這種破碎屍體的人，現在可能不多了。」

「你不怕嗎？」

「怕。從以前到現在都怕。妳不怕嗎？」

「當然怕，但我們不一樣啊。你經歷過戰爭，看過的殘忍之事絕對比我看過的多太多了。」

「現在的世界未必比較不殘忍，只是大家都習以為常。」

李雀海的車子已經入山，照理說差不多這個時間奇怪的聲音就會蔓延在車子裡，但此時車裡的爵士廣播電臺還十分清晰，沒有半點雜音。李雀海往山谷一瞧，I城靠海的幾個社區已經被太陽照得發出閃耀光澤。I城的房屋清一色皆是橘紅色屋瓦，土色磚牆，而穿越雲層的陽光像一根根細箭紛紛掃下，彷彿終會刺穿屋瓦。

李雀海有些擔心，瓦倫將白來一趟。正當她心急地碰觸頻道的轉鈕，爵士樂突然停止了。李雀海馬上正襟危坐，用嚴肅的聲音告訴瓦倫：「來了，來了。你仔細聽。」

先是一陣長長的沉默，接著出現的不是森林裡的風聲、水聲，也不是樹葉摩擦與枝椏擠壓的聲音，而是政治人物正用著煽動的聲音提醒人民去投票。

「這聽起來很激動的樣子。是什麼語言？」瓦倫問。

「聽起來是中文，也有一點點臺語。」李雀海一邊說，一邊感到疑惑。

「你不是說傳出來的會是動物的聲音嗎？」

「以前都是這樣沒錯，也許現在接錯頻率了？你再轉其他頻道試試看。」

不管瓦倫怎樣轉動收音鈕，都是一樣的結果。過幾分鐘後，剛剛的聲音已經慢慢淡掉，取代而之是電視機不斷被轉換頻道的聲音，這些廣告詞、練續劇主題曲、新聞插播的音樂都是李雀海十分熟悉的。那是中學的李雀海在家時常聽見的聲音，如果是星期六，還會有柯南卡通，也大約是在這時候，廚房會傳來把菜往油鍋裡撒時鞭炮般的炸響。

李雀海好像明白了什麼。她想要停下車來，或者調頭回去，但她又十分好奇，到底誰會在盡頭等著她。瓦倫察覺李雀海有些異常，連車子都開始有些左右擺動，便提議換手駕駛。

「好，但你得非常小心，差不多快要到盡頭了，得特別注意路面。」

瓦倫用三十左右的時速，在速限六十的公路上前進。現在，前後都沒有半臺車，陪伴他們的只有完全的寂靜。

「天啊，是狼。」李雀海看見路口有隻白色細毛隨風飄揚的動物。

「不是，比狼小太多了。」瓦倫也看見了，他的經驗告訴他那絕非狼的體型。

「是狐狸？」

「從沒在這山裡見過白色狐狸。大概是狗吧。」瓦倫說。

「白狗嗎？千萬不要。」

他們下車查看，果然是隻俊美的白狗。此時，白狗的舌頭已經往外翻吐，比正常的舌頭還長了二分之一。白狗的脖子還掛著個老舊的項圈，上頭還有用奇異筆寫著的電話號碼。

「這山裡怎麼會有家犬？」瓦倫說。

「要不要打打看這電話？」

「當然。」

「你打好不好？我無法……」

「好吧。」

瓦倫走到路邊，俯望著腳下每條街道都排得整齊無比的I城。撥通電話時，他回頭看了李雀海一眼。

「這可憐的小東西現在是我們的了。」瓦倫走回時這麼對李雀海說。

「什麼意思？」

瓦倫把李雀海拉離了白狗，告訴她這隻狗早就被棄養了。牠的主人們甚至訝異，牠居然到現在才死。他們擔心的只有一件事，當初忘了把項圈拿掉，現在就有證據控訴他們棄養寵物，但他們很快就發現瓦倫不是政府單位的人，便鬆了一口氣，說屍體任由他們隨便處理。

「任由我們隨便處理？真的竟然這樣說？」

「真的。」

「那你打算怎麼做？」

「送去動物園，這肯定有好價錢。」

「好吧，那你開我的車回去，再把卡車開來吧。我在這裡等著。」

瓦倫把李雀海的車開回去，再把卡車開回來，大概需要二十分鐘。所以李雀海至少有二十分鐘左右的時間可以逃離現場。

她走近看了白狗一眼，脖子的毛已經因為流浪一陣子而發黃。四個腳的肉墊都破皮出血，想必是走了非常遠的路。她順著牠的背往下摸，突然間骨頭好像不連貫了，變成一片軟軟的肉。李雀海雖然心驚害怕，但她馬上把雙手穿過牠的身體底部，硬是將軟綿綿的狗抬了起來。此時，白狗嘴裡牽著血絲墜落到了地上，在柏油路上形成了幾個暗紅圓圈。

她總算是感受到牠的重量了。

她記得她在臺北老家養的狗也是毛越老越黃，眼神變濁，牙齒長出牙垢，排尿時總是會濺到自己的腳，就算洗了澡，還是常常發出一種酸臭味。那年李雀海離開臺灣來美國念書，家裡頻頻打電話給李雀海抱怨：「這狗是妳要養的，現在妳人都走了，留下的攤子誰要照顧？送人吧。」李雀海根本沒有置喙的餘地，送走後的狗怎麼死的，什麼時候死的，她都不知道更不敢問。她覺得自己尚未在此地立足，卻已經在另一地慢慢消失。

現在她抱著這隻白狗，獨自走進路邊的森林。即使已經雙手麻痺，但她決定繼續走下去。她想要走到更深的山林裡，找到一棵巨大的樹，找到一處肥沃的土壤，用手挖土，把白狗埋進去。她不要牠賣給誰，她不要牠成為任何人換錢的工具。

公路邊的山林十分陡峭，她走得十分緩慢，她身上的淺藍色襯衫已經吸飽了白狗的血和她的汗水，泛出了不規則的深藍原始圖騰。來，我們再一起往裡面走一點，加油。李雀海不斷對自己打氣，也對那隻死去的狗打氣。

李雀海在一塊空地前停下，那是整片密林內唯一陽光可及之處。

「就這裡了，好嗎？小寶，你喜歡嗎？」李雀海對著白狗說。

李雀海沒有任何工具，只能徒手挖土。早晨的密林還未有陽光透入，泥土鬆軟帶著昨夜潮溼的氣味，李雀海的指甲縫隙裡充斥著溼土，就像從前在雕塑課裡那雙沾滿泥的手，這觸感振奮著她，讓她繼續向下挖掘。

她挖出了好幾棵塑膠假樹，那是製作房屋模型時做壞的，比統一的樹幹圈數還少幾圈的棕櫚樹；她挖出了幾片城市規劃藍圖上被割掉的角落，那些是只有廉價髒亂的公寓、骯髒的小餐館和有色人種聚集的垃圾區塊；她挖出了電腦程式精算下一直出錯的bug，一隻一隻都身體僵硬，四腳朝天；她挖出了失蹤流浪漢的頭顱與牙齒，流浪貓的鬍鬚和爪子。

I城容不下的錯誤和廢物，都被深藏在這幽暗的森林裡。

但陽光還是不斷灑下。對I城的人來說，美好的一天又開始了。

校園巡禮

吉祥獸

藍盈子坐在校園的木椅上，毫無表情地望著眼前的老虎雕像。在美國，每間大學都會有自己的代表吉祥物，通常會從該地區著名的凶禽猛獸中選擇。只是，老虎凶猛是凶猛，卻顯然不是當地的動物。這種看似只會在熱帶雨林出現的東南亞老虎，是不可能在三月時還冰雪覆蓋的美洲東北地區存活。

不知哪個調皮的人把紫色圍巾纏繞在老虎脖子上，老虎不再威猛，看起來倒有點傻裡傻氣。「就算把大衣都穿上了，大概也無濟於事吧。」藍盈子為錯置的老虎感到悲哀，想到自己也靠著臨時湊出來的衣物取暖。她的外頭裹著厚重的二手黑色大衣，裡面則是起了毛球的米黃色毛衣，不知如何綑綁的灰色厚圍巾繞了脖子幾圈，像條浴巾鬆垮垮地垂在身後。她的褲頭已經有點鬆了，幸好如此，她才塞得進去一條發熱褲。這些衣物層層疊累，限制了藍盈子的動作，讓她的膝蓋無法自由彎曲。

藍盈子覺得自己真像一條被保鮮膜包裹的死魚。即使如此，她依然保持著溫和不失禮的微笑。

木椅的另一頭是山上柳美。面向著太陽，柳美將大衣敞開，披肩像條慵懶的毯子鋪在她身上。她不畏直視強光，不時抬頭看看天空，扭轉頸部活動筋骨。她臉上的笑容已經緩緩褪去，嘴角自然地下墜著，看起來就像在公園偷閒做日光浴。

一整天下來，藍盈子的話都沒停過。現在兩個人都無話可說，周遭變得十分安靜。這氣氛讓藍盈子漸漸不安。

「為什麼選擇老虎當吉祥物呢？」藍盈子問。

「紫色的圍巾和老虎還意外地搭呢！」藍盈子答。

藍盈子根本不在乎答案是什麼，更不在乎柳美有沒有興趣，她只想說些話來填充眼前的空白，好緩解她逐漸升起的不安，於是開始自問自答起來。她想到之前在學校擔任助教時，每次丟出討論問題，學生總是低頭沉思或翻書裝忙，一片沉默。這氣氛足以讓她窒息，好像有朵烏雲正在空氣中凝聚。她馬上用更淺白的方式再解釋一次問題，解釋完不忘給個例子。她一個人的聲音就塞滿了整間教室。「好，同學們，現在應該可以回答了吧。」她只等了短短幾秒，便像水庫洩洪一樣，把答案全數吐出來，無視那些正準備伸起的雙手。

柳美果然完全沒有要回答的意思。她喝了最後一口咖啡，看了藍盈子一眼：「休息好了？差不多可以繞繞校園了。但是妳穿這鞋，能走雪地嗎？」

藍盈子腳下踩著一雙駝色的麂皮短靴，明顯不防水不防滑。她從來沒在下雪的地方生活過，不知道要穿什麼鞋才合適。更何況，收到校園參觀的消息時，她只剩下不到兩週的時間準備。光是準備面試應答、試教和研究就占據了她所有的時間。衣著那些，就只能隨便湊了。這雙短靴已經跟著她五年，就算是刀山油鍋，藍盈子也能穿著它走過。

「能啊，怎麼不能？」藍盈子說。

藍盈子這幾天，真不知道把這句話說了多少遍。能教基礎也能教研討班，能做研究也能做行政，能帶活動還能對學校的多元文化有貢獻。

這世上沒有正在應徵的候選人不能做的事。要他們去火星去冥王星，他們也都辦得到。

柳美淡淡地一笑，站了起來。

「好，那我們走吧。」

「校園巡禮」放在教職員應徵行程的最後，只是走個儀式，絕非決定性的項目。此時，應徵的候選人已經早在幾個月前通過了書面資料審查，在幾週前通過了第一階段的視訊，並且在幾個小時前與無數個行政人員和教授們都談過話。最後，也在眾教授面前發表過自己的研究，並且用興致勃勃、充滿愛心的態度試教完了一節課。現在的校園巡禮，不過就是個帳面上的流程，只要跟著其中一個領路的教授把學校裡幾個重要的建築繞完，事情就了結了。想到這，藍盈子腳步變得輕盈多了。不過，柳美倒是不一樣，她想到自己接下來的工作，忍不住嘆了口長氣。

山上柳美是這次新進教職員招聘的負責人。她是這間大學的助理教授，已經在這裡工作了七年，除了一般教授的工作之外，還一直負責系上沒人想碰的各種行政雜事。跑新進教職員應徵流程要花上半年，甚至更長。從籌備會議到發布徵人消息，就得花上大把的時間精力。等到搜集完所有申請者的資料，又要不斷地開會、協調，決定進入視訊面試的候選人。第一輪面試結束，又是各種意見交雜不清的時刻，總是要一番辯論之後，才能決定邀請到校參觀的最後人選。那些候選人辛苦雖辛苦，但這階段結束後，就算沒有得到這份工作，還是可以繼續回到原本生活的軌道。山上柳美卻是唯一被留下來收尾的人。通知雀屏中選者以後，她還必須協商薪水及處理正式應聘的公文，再發出幾封禮貌卻殘酷的拒絕信。這一切的努力和辛苦最終也不算在她的業績裡。這時間拿來好好發一篇期刊論文，還能有更扎實的回報吧。況且，不管應徵的結果如何，總有人會因此恨她。

柳美有著三角眼、厚鼻頭，思考的時候會不經意地咬著薄唇一角。及肩的頭髮數量漸漸稀少，得常常去燙捲才能維持正常的蓬度。柳美對於外形並不在意，她全數接受造型師的意見，該剪就剪，該燙就燙。而所謂的造型師，也不過是小鎮裡唯一的亞裔小髮廊老闆——一個嫁給美國軍人的韓國崔太太。她們的年齡相近，又是這裡少數亞洲女人，第一次見面心裡就有了某種程度的連結。其實柳美不知自己原本豐厚的頭髮，到底是因為常去消費而過度被削減，還是單純因為就是老了？

柳美最近覺得容易疲累。以前她似乎有著奇異的魔力，能把身體與精神強行分開。不管再累、心理再不耐煩，在外表上還是一樣充滿精力，教學也能充滿熱情。但後來，身心便合一了。心裡只要感覺有一點點兒累，臉上的肌肉弧度就會產生巨大的變化。就像是順向坡的土壤，只要下一點雨，就會整個坍垮滑動。剛開始教學的前幾年，她常得到的學生評鑑是：「真心關懷學生，親切和藹的好老師」，但現在卻常常是：「幾乎沒有笑容的老師。」柳美不是不想笑，而是笑起來也不好看了。

今天下午藍盈子的研究演說，柳美的精神意志早就飄散到外太空去。她不時把全部的頭髮塞到耳後，而後又把耳後的頭髮再全部拉出來。如此反覆多次，直到手裡又多了幾根不小心被扯下的頭髮。她抬頭看了看眼前這個年輕人，即使衣著劣質邋遢，但頭髮茂密，有著細長眼，高鼻子，淨白的皮膚，戴著黑色方框眼鏡。其實仔細瞧著，這女人讓她想起路邊滿開的白色小雛菊，清淡可愛，但拿近聞總有一股土味。以前柳美很少對這樣清淡長相的人有興趣，只覺得她們安全無害。但現在的柳美早就意識到，就算是一張潔白的紙，也是會趁人不注意時突然割人指腹。

紫藤花廳

離開了老虎雕像，藍盈子和山上柳美爬了一段石階，來到了校園內最出名的一棟古樓：紫藤花廳。十九世紀就作為教堂的古樓，至今保存著彩繪玻璃，上頭仍是《創世紀》裡亞當夏娃的連環彩繪圖。藍盈子早在學校的網站上看過這棟老建築的照片，但最讓藍盈子心醉的還是這裡頭的閱覽室。

收藏著珍本的閱覽室雖然不大，但曾經駐校的作家創作草稿都被謹慎地擺放在玻璃櫃裡。中堂是挑高的，穿過彩繪玻璃的陽光柔和均勻地灑在石地板上。藍盈子曾幻想自己就坐在其中一張厚實的木桌，攤開幾份剛列印出來、還帶有炭粉香氣的論文，一邊畫線一邊寫著自己的閱讀筆記。讀累的時候，她會像隻老貓般瞇起眼睛，做一段短暫的夢。

她不必擔心自己會睡過頭。在這莊嚴神聖的空間裡，深厚的知識被一代又一代地傳承下去，因此角落總有那些珍視知識與真理的亡靈，辛勤守護著下一代的知識分子。這些靈魂會在她的耳邊呢喃，在她身邊吐著帶有雪松氣味的煙圈：「孩子，醒來吧。還有十頁論文等著你讀呢！」

藍盈子的想像力總是在求職期特別旺盛，就像動物的戰鬥力總是在求偶時最高漲一樣。她想像自己在此安居，一輩子都能和世俗瑣事隔離，就這樣專心活在被知識守護的淨土裡。她把這樣的想望當作努力的動力，不管現在再怎樣孤單疲憊，她會受到知識之神的眷顧，終將被引領到孤獨而崇高的學術殿堂上。為此，撐不住的時候她就捏著自己的指尖，提醒自己再忍耐一下。食指捏痛了就換中指，中指捏痛換無名指，這樣一隻隻手指換下去，直到當年度所有的應徵都全數落敗為止。

這一次的應徵過程，藍盈子比以前都還克制自己的想像。這是她今年度的最後一次機會，如果還是落選，就要等到明年了。這樣的話，她就不能在五月底畢業，她必須權宜性地多待一年，用此保留自己的學生簽證。她必須有足夠的生活費，還要去搶助教的名額，也許到最後她還是必須要付明年的全額學費……想到這些經濟重擔，她就覺得眼前一黑，什麼彩繪玻璃神聖殿堂，馬上就被她拋到腦後。她關掉所有關於「紫藤花廳」的網路分頁，再輸入聘任委員會主委「山上柳美」的名字，找出她的論文發表紀錄，一篇篇緩慢地下載。

山上柳美，二〇一〇年從北加州的一間名校畢業，一畢業就無縫接軌在目前這間大學就職。在這裡就職的七年內，每一年都規律地發表一篇論文，所有的題目皆大同小異，繞著相同的主題打轉。藍盈子連讀了幾篇，就覺得自己大概已經懂得山上柳美這個人了：條理分明的部分只占了一半，另一半則意味深長。但有時候，「意味深長」和「意味不明」只是一線之隔。

現在站在柳美的身邊，藍盈子也有同樣的感覺。她只能讀懂她一半的表情。

柳美和藍盈子肩並肩走著，兩人幾乎差不多高，下午的斜陽將兩人的影子也拉得差不多長。藍盈子一條路上都不斷說著她對柳美論文的讚賞，柳美一開始聽著還覺得舒服，但聽太多後也開始感到油膩。漸漸的，藍盈子的聲音逐漸被空氣吸收，柳美只看見她的雙唇還不斷地張合著，像隻貪婪的金魚。柳美就這樣靜靜地走上了石階，走進了這棟古樓。

此時的柳美心如止水，早就不像第一次看見紫藤花廳時那樣心緒激動。

那年春天來得早，這棟哥德式的老建築旁滿是剛冒出芽的嫩綠草皮。初春的陽光還很細柔，如同一張軟軟的淡金色羊毛毯，輕巧覆蓋在這片土地上。那日也是柳美的校園參觀日，她雖然無比緊張，卻無法壓抑自己在這裡生活安居的各種幻想。幸運的話，她將在這裡得到新的身分，並成為一個學以致用的人。老建築的轉角處一叢叢的藤蔓剛抽出嫩綠的芽，等到這些新葉都長齊了，不知道會是怎樣的盛景。她正幻想著，走在她身邊的老教授卻突然脫口而出：「這就是紫藤樹。等到初夏的時候，這一整棟樓都會被垂墜的紫花覆蓋，所以從教堂改建成閱覽廳時才改名成紫藤花廳啊。」

柳美因為自己名字的關係，特別喜歡柳樹向下延展的謙遜姿態，但若能像紫藤這樣靠著自己努力的力量，一步步、一磚磚地往上爬，人生似乎能活得更快意些。老教授不忘給她一點暗示：「如果妳能加入我們的團隊，每年妳就能親眼目睹紫藤花盛開的模樣，這景象啊，絕對不會讓妳對我們學校失望。」柳美把這句話放進心底了。她感到胸前好像被人塞了一包烤好的栗子，無比的溫熱、香暖、誘惑。

事情果然成了。不到幾個星期，柳美便得到錄取通知。她打電話回去東京的時候，全身還發著抖。她的母親和父親都是大學教授，但他們也從來沒想過自己的女兒會成為美國的大學教授。他們的言語裡除了興奮，還有滿滿的擔心：「如果妳覺得累了，孤單了，就回家吧。」「不，還是趁年輕的時候，再多打拚一點。」柳美一點也不怕累，更不怕孤單，她的眼前是一條光明路，她還有幾篇想繼續發展的論文，還想設計幾門課程，她還想聯絡出版社，看看他們對她的博士論文有沒有興趣。她是欣欣向榮的紫藤花，哪有時間孤單？

柳美的辦公室不在人文大樓，就在這棟紫藤花廳裡。雖然少了些和系上教授社交深談的機會，但是卻多了很多獨處的時光。現在柳美帶著藍盈子，在古樓裡的幾間閱覽室裡走動，最後走向了柳美的辦公室。柳美在門前停了一下，最終還是掏出鑰匙打開了門，領著藍盈子走了進去。

「這就是教職人員辦公室的樣子。不算很大，但是環境很好，很安靜。」柳美張開手臂指引藍盈子往窗外的綠草坪看去。藍盈子眼裡瞬間發出一陣光，這晶亮的眼眸讓柳美有些尷尬，彷彿她正在餓慌了的窮人面前，展示了竹籃裡剛出爐的麵包。柳美有些不忍，便突然不加思索地說了：「如果妳選擇了我們的學校，妳的辦公室也會長這個樣子。」

柳美自知說了不該說的話，在什麼都未確定之時，千萬不能給予任何人希望。她一說完便撇開了視線，害怕看見藍盈子的反應。

這間辦公室曾陪伴柳美多年，為她遮風避雨。春季窗前百花綻放，到了冬季，窗外的景色格外寧靜安適，窗外所及，一片雪白，與世無爭。這個穩當的大學教職，讓柳美能安心地在異鄉扎根，她喜愛在雪夜裡一邊在辦公室裡工作，一邊聽著舒伯特的《冬季之旅》。歌詞說盡了漂泊滄桑：「身為異鄉人的我來到這裡，終也將以異鄉人的身分離開。我永遠記得初到這裡的五月：美麗溫煦的天氣，花叢閃爍著光澤，微風透著涼意。」但好不容易在異地生了根的異鄉人，又怎麼捨得離開。柳美早就認定了這所學校，這個小鎮。這裡既是她的戰場，也是她的家，終究也會是她的墳，她的靈魂終歸之處。

然而，暴風雪也會降臨在這北方小鎮。大雪橫向紛飛，側打在玻璃上發出各種節奏。有時規律，有時急躁，有時漫不經心。那個夜晚，玻璃窗先是響著輕柔的叩擊，不久後成了篤實堅定的敲打。等到柳美意識到這聲音並非來自風雪，已經不知過了多久。

原來是米雅，一個讓柳美印象深刻的學生。但星期日晚上十點，怎會有學生來敲窗呢？柳美先是受到驚嚇，而後感到困惑不解，不禁皺起眉頭。她打開窗問了米雅。

「怎麼了？出了什麼事嗎？」

「我可以跟妳聊聊嗎？」

「現在嗎？」

米雅露出了困難的表情：「如果能現在把事情說開，那最好不過了。」

柳美只好走過古樓的走廊，打開鎖住的側門讓米雅進來。米雅走進辦公室時，腳上還穿著毛茸茸的室內白色拖鞋，但已被雪地的汙泥染成灰黑一片。

這麼近距離看著米雅，還是第一次，柳美一想到就全身發熱。米雅的課堂表現並非出眾，甚至有些散漫，但實在長得太美了，任何人看了都會留下印象。一頭及肩褐色的自然捲頭髮，渾圓深邃的眼睛，堅挺的鼻翼。最美的還是唇尾上揚的角度。像是謹慎的工筆畫家，忽然不小心手滑而撇到的上揚弧度，本要抹去，卻發現這是無法用人為意志製造出，恰到好處的神來一筆。在課堂上，柳美常常會不經意地多看米雅幾眼，她想著如果下輩子投胎時，若能長成那樣，必會有著跟她現在截然不同的人生。

米雅臉頰泛紅地說：「從我的宿舍可以看見這裡的窗。想說這個時間還亮著，就跑過來看看怎麼回事。」

「沒什麼事啊，改改你們的作業而已。」柳美為她泡了杯熱茶，故作冷淡地說：「妳應該不是只來看看我在做什麼吧？發生什麼事了？」

米雅在課業之外是個模特兒，在成人世界裡求生存的她早熟聰慧，深諳成人世界裡的醜陋與不堪，但米雅不堅強不行。她說著身為大家庭裡最年幼的女兒的困境。為了要讓家人注意到她，她一生都得費盡心力。但父母根本沒有多餘的心思照顧她，到她進入大學的時候，已經沒有多餘的錢幫她支付學費。也因此，在家裡，她是唯一要用自己的力量賺取學費的孩子。米雅嘆了氣說：「妳也許以為這是藉口，但我必須讓妳知道，如果我缺席或作業遲交，背後總有些原因。」

柳美鬆了好大一口氣，原本不斷飆高的體溫，也突然冷卻了下來。聽別人述說生活裡的難處、給予溫暖的安慰和鼓勵，並不是柳美的強項。關於辛苦存活這件事，柳美有的是經驗。這種事只能靠自己咬著牙關度過，沒有人能幫你度過。每過了一關，就有更難的一關等著。曾經柳美也遇過運氣不好的時候，或是眼紅之人刻意阻擾，但她不曾向人哭訴，也不曾懇求過誰。她總是自己背著、扛著，自己咬著牙關撐著。憑什麼有些人，總是要他人施予恩惠，拿了恩惠以後，又要拿什麼來報償？

道。

因此，柳美並不同情米雅，但她可憐米雅。年紀還這麼小，卻已經熟諳了旁門左

她露出了淺淺的微笑，對米雅說：「我明白了。妳可以回去了。」

學期終了，米雅沒有得到如預想的高分。再過了一陣子，柳美就被告發：濫用教師的權力，強迫學生深夜到辦公室幽會。學校介入調查，但拿不出什麼證據也得不到什麼好處的米雅，很快地就撤掉了告發，還請花店送了一籃鮮花給柳美致歉。

這件事發生得莫名其妙，也結束得莫名其妙。身為少數族裔女性教職員，柳美遇過各種大小歧視之事，但她從來沒被擊垮過，反而有越鬥越猛的勇氣。但這件像顆青春痘般，無端地冒出，又自己消解掉的事，卻讓柳美感到特別挫折。只要太陽下山，她必定如逃難般倉皇地離開校園。她辦公室裡的藏書，一本本地被搬回家，慢慢地，整排的書架都幾乎被搬空了，只剩下幾本伶仃橫倒的書。

看著空蕩蕩的書架，柳美不想在這辦公室裡待太久，只虛晃了一圈便帶著藍盈子離開。步出古樓後，柳美回望了一下辦公室的窗戶，她一邊的嘴角不經意地往上抖動了一

下。此時，朝著柳美的視線望去，藍盈子只見一坨坨髒汙的雪，被堆在陰氣森森的老建築前。柳美這個不明意味的微笑，搞得藍盈子十分困惑。但藍盈子馬上也跟著柳美產生同款的微笑。

藍盈子絕不會浪費柳美透露的每一個訊息。

健身房

一週前，藍盈子在網路上找到了關於肢體語言的課程。此課程教人從對方的肢體語言猜測其內心的想法，並利用肢體語言影響對方對自己的觀感。對方摸頭，你就跟著摸頭，對方低頭，你就跟著低頭。整個模仿的過程須自然，不能讓對方察覺你正在跟隨他的動作。這一連串的模仿動作會讓對方不知不覺產生好感，而對眼前之人卸下戒心。山上柳美每啜一口咖啡，藍盈子就會在五到十秒之後也啜飲一口咖啡；山上柳美把頭髮撥到左耳後，藍盈子則把頭髮撥到右耳後；山上柳美一微笑，藍盈子只好也跟著微笑。

得知藍盈子為了應徵還特地上了肢體語言課的教授不禁哈哈大笑。「妳做得太多了。」他說：「妳要知道，妳只須呈現真實的自己。」

藍盈子不是不想將真實的自己呈現出來，但是真實的自己總是不夠。藍盈子自知不足，在自己專業的主科以外，又拿了第二個領域「性別研究」的輔修。即使發表的論文已經達到理想的數量，因此，研究能力已經得到證明。但教學經驗仍然不足的她，每若得空，便到處參加學校舉辦的教學工作坊，學起最嶄新的教學法。什麼翻轉教室早就過氣，現在得加入科技，比如人工智能與深學習；還要反映政治，比如融合多元種族和性別流動。教育證書要拿，教學媒材要潮，笑話也要打進人心。藍盈子終於能在暑假開自己的課，但學生參差不齊，有的懶惰，有的愛說謊，有的藉口之多，但所有的學生都有相同的目標：高分。藍盈子也是，她的教學評鑑也需要高分鍍金。因此，除了恭敬祀奉各方來修課的神聖活佛們，她別無他路。有時也得昧著良心，對著滿紙荒唐的報告打高分。藍盈子知道時代變了，一個人不能有太多原則。現在這個世界，真實並不重要，重要的是你是否有把虛幻變成真實的能力。

山上柳美與藍盈子走過一片泥濘的雪地，到了另一棟新式建築。柳美大力推開了玻璃門，裡頭的暖氣直衝上兩人臉頰。

「我們學校很小，教職員跟學生共用一個健身房。」柳美說。

藍盈子快速瀏覽了健身房，幾個年輕學生穿著短袖背心坐在儀器前鍛鍊。對於健身房，藍盈子興趣缺缺，她認為只有頭腦簡單的人，才會在意肌肉的大小。

「空間非常明亮，我肯定會想常常來這裡運動。」藍盈子不假思索地說。

「妳喜歡做什麼運動呢？」柳美順口問了一句。

藍盈子一陣腦麻，不知如何回答。上一次她認真做運動，大約是兩三年前的暑假了。那時候研究生宿舍正在做除白蟻工程，房內熱氣瀰漫，讓人無法忍受。她便索性花了錢到外面的旅館住。旅館附近正好有間小小的瑜伽教室，她買了張週票，在那一週內去了兩三次。只是，一搬回原來的宿舍，瑜伽教室也就被拋諸腦後。對她來說，把時間和金錢花在做運動的人，不是時間太多，就是過度在意自己的外表。藍盈子的生活非常簡單，寒暑假除了找資料、寫論文，其他的事情一概都不重要。只要每天還記得洗澡，穿出去的衣服還算乾淨沒味道，她就已經盡了該盡的義務。

她會這麼打拚，一開始也是為了自己的母親。母親原本是個公務員，有工作的時候，母親和父親還算平起平坐，但後來因故不再工作了，她徹底失去了銳氣，有時連買菜的錢都只能用求的。直到後來才開始打些零工賺錢。

「妳以後一定要有自己的工作。」母親常對她說：「最好是穩定正直的工作，比如說老師。」

「當然，不只是老師。還要當國外的老師，當大學的老師。」藍盈子那時也曾充滿自信。

從藍盈子準備出國開始，母親就常塞錢給她，一次就是好幾萬，要她存著。要她別擔心，出國的生活費媽媽也會幫忙存。藍盈子在補習班授課賺錢時，母親也在打工。很多像藍盈子這樣家庭背景的朋友父母，都極力反對孩子出國。就像盈子的父親一樣，認為撫育孩子上大學就已經盡完了父母親的義務。現在怎樣，該回報的時候就想逃了嗎？藍盈子的母親倒像個眼光遠大的知識分子：「有機會就要去不同的世界學習。妳有能力，膽子又大，為什麼不？我就算負債也要把妳送出去。」藍盈子也算爭氣，出國的時候拿了學校的全額獎學金和助教資格，不須花到家裡的任何一毛錢，寒暑假還能開課，教書賺生活費。

那年暑假的課程一忙完，母親忽然心肌梗塞，不到幾天就病故。藍盈子計程車一搭，火速衝往機場。果然是母親的性格，絕對不會因為自己而影響藍盈子的生活規劃。連死亡，都選在課程剛好結束的時候。那是她第一次在美國坐昂貴的計程車，到機場一個半小時的路程，可就要花掉她一整個星期的助教薪水。但真的好快、好方便，但也好不捨，坐在計程車後座的藍盈子心臟緊縮顫抖，五臟六腑都劇烈疼痛。不管車子跑得再快，但終究還是太遲了。

現在快畢業了，明明什麼都準備好的藍盈子找工作卻處處碰壁。藍盈子雖能得到好幾個視訊面試，卻總在最後一關校園參觀被刷下。其實回臺灣也不是不行，只是藍盈子真的不想回去一個沒有母親的家，不想面對那個只想要她賺錢回報的父親。為此，她只能再次捏緊自己的手指，小心謹慎地把眼前這齣戲演完。

「瑜伽。」藍盈子突然大聲說。「我還在考慮上瑜伽兩百小時師資班呢。」

柳美似乎對這答案感到非常有興趣，脖子微微往後縮了一下說：「真的嗎？我也是。這裡有專為教職員工開設的瑜伽班。我們系上的幾個老師，每週都會參加。」

「那太好了。」藍盈子故作興奮。

柳美每次經過音樂總是放得太大聲的重訓室，總會不經意多看幾眼。吸引她注意的，不是那些肌肉線條明顯的青春男性，而是那些穿著小短褲小背心、露出白皙細長大腿和平坦腹肌的女孩。柳美覺得擁有那種身體的人真是上天的恩賜，她看著她們踩飛輪，長長的馬尾左右擺動，額頭冒出的汗水像是雨後遺留在花瓣上的露珠，甚是精緻。美麗是不分種族的，不管什麼膚色的女孩，總會有幾個特別亮眼，她們的身體彷彿是一枚枚藝術家親手撫摸捏製、呈現美好曲線的花器；而她們因為血液循環良好而光澤誘人的臉蛋，更像古典名畫中那些被抹上奶油光暈的少女。柳美看呆了，恨不得自己能年輕點，最好能成為眼前那些肌肉線條粗獷的男人，就能上前去攀談幾句。

只是每次這樣看著，總會有幾個曾經教過的學生就這樣對上了她的眼。有的遠遠地避開，有的則特地前來打聲招呼，不管哪一種，柳美都感到尷尬，倉皇地逃進瑜伽教室。

柳美不是沒有學到教訓，米雅的事件過後，她變得更加小心。她知道越是嬌貴美豔的女孩就越是精明，越懂得利用人心。只有回到安靜的瑜伽教室，柳美的身邊只剩下比她還垂墜的衰老肉體，再也看不見那些化身為精緻天使的人間惡魔，柳美才找得回自己的本心。

「瑜伽可以讓我沉靜下來，紓解壓力。」藍盈子還在繼續瑜伽的話題。

「瑜伽可以讓我找回自己。」柳美回應。

找回自己？什麼才是自己原本的樣子呢？藍盈子心想，一時無語。

停車場

走完校園一趟，已瀕臨黃昏。走向停車場的時候，柳美鬆了一大口氣，只要把藍盈子平安地送到機場，這場應徵就算結束了。即使還是有諸多事情需要忙碌，但這應該是在她升等前最後的大型行政工作。接下來幾年的行政工作，當然就輪到了那個被應聘進來的新人。小學校就是這樣，什麼事情都像在抓交替，總該換人當鬼了。

藍盈子此刻卻緊緊壓著指甲的邊緣警惕自己：還沒結束呢！回去以後，寄出了感謝信，一切才告一段落。只有到那個時刻，她才可以翹起二郎腿來聽天由命。藍盈子不認為自己完全勝券在握，但也不是完全沒有機會。柳美的每句話都像蒙著層紗，藍盈子猜不透她的感覺，但藍盈子卻把這一切都看成好兆頭。

她的上一場應徵，一切過度順利，每個人都對她讚頌有加，不管她說什麼大家都整齊地點頭，這倒讓她起了疑心。快要結束的時候，一個剛入行不久的助理教授不小心被藍盈子套出了話：這個職位早就有內定人選，但基於規定，還是要跑完整個程序。演戲是吧，藍盈子也只好把心一橫，跟著演一場好聚好散的戲。回家時藍盈子坐在月臺的鐵椅上等車，她的臉上還掛著已經演了一整天的笑容。強大的羞辱感沒有摧毀她的笑容，她倒是把笑容硬是往內底壓深了兩吋。眼前的鐵軌傳來金屬共鳴的聲音，像是悲壯的輓歌，她還真想過就這樣跳下去，但她安慰自己：家裡沒有母親等著她凱旋歸來，這場戰爭，輸或者贏，其實都沒有那麼大的關係。

此刻，藍盈子坐在柳美的車裡。柳美的車裡暖氣過強，穿著大衣的藍盈子熱出了滿身汗。她望著窗外，終於沉默了下來，她的內心充滿感激與歡喜。又完成了一件大事，她好佩服自己，好想替自己鼓掌。公路兩旁的樹木凋零得只剩下枯枝，夕陽的光澤溫潤地從殘枝中滲透出來。任何事在快要結束前的這一刻都是幸福的。

柳美把車子停在平交道前，眼前的柵欄緩緩下沉，耳邊傳來噹噹的警示聲。等待火車緩緩經過時，柳美把墨鏡摘了下來，放進胸前的口袋，她是個不畏光的女人。

藍盈子只好也把眼鏡摘了下來，放進胸前的口袋。眼前的路她再看不見了，但沒關係，一切都快結束了。

朱文錦

1

回家後的第一件事，除了打亮懸掛在客廳的馬賽克彩繪吊燈，就是對著玻璃缸灑下胡椒鹽般的魚飼料。如果不養成一進門就餵魚的習慣，朱文錦很容易就忘記牠們的存在。她曾經做過統計，來過家裡的友人，有十分之九不知道她養魚，即使那魚缸就擺在入門玄關處，仍舊只有鮮少人會注意到那透明的水族箱正努力地偽裝成淡藍的海洋。

塑膠製的珊瑚礁和假水草充斥在小小的水域裡，窩藏在裡頭的是十來隻「夜市牌」小魚。即使人人熟悉，卻喊不出這種魚的真正名字。牠們面目呆滯地凝望著玻璃缸外的世界，搖擺著魚鰭，一開一闔地張吐著嘴。不過就一指節長寬的魚仔，有時竟拖著好幾倍身長的排泄物逛著大街，環繞了整座水城，也捨不得將寶貝割捨下。

「在跳綵帶舞是吧。」朱文錦心想。小魚拖著的褐色綵帶真像朱文錦愛吃的傳統點心：宋頂。這零食常被裝在紅蓋子塑膠瓶內，扭轉開瓶蓋馬上就沁出酸酸甜甜的香氣。她當然不知道小魚的綵帶糞便到底嚐起來像不像宋頂，只是區區長得很像罷了。

「長得真的很像，但不確定到底是不是。」朱文錦一邊餵魚，一邊想著剛剛在捷運裡坐在對面的女人。女人蓄著過胸的黑色捲髮，頗具特色的單眼皮下，真睫毛與假睫毛條理分明地堆疊在一起。女人的視線從來不投往直線方向的朱文錦，要麼就坐落在前方地板，要嘛就四處張望到站時湧入列車的人潮。

朱文錦耐心地等著，等著女人與她四目交接的那一刻。也許早在朱文錦發現她前，她就已經發現朱文錦了。女人的視線裝上了避雷系統，刻意忽略朱文錦眼光所及的危險範圍。

「這一定是她了。一定是她了。」越是這樣，朱文錦越不覺得困窘，因為女人的不安凌駕於她，這反而使得朱文錦更鎮定。朱文錦大大方方地凝望著女人的臉頰、五官、化妝、緊閉後又放鬆的嘴唇。她還細細打量了女人的黑色圍巾，毛衣的材質，以及安在腿上那個鑲有 Dior 標誌的皮包。

正當朱文錦熟練地將自己在地攤買的皮包用外套蓋住，想著是否要打破這樣的僵局時，女人突然起身，頭也不回地往門邊走去。情急之下朱文錦喊了一聲：「喂！」這下，女人連同車廂內所有的人都回了頭，但朱文錦卻突然語塞，困窘地不知道說什麼，躁熱感直從脖子往頭頂直竄。

幸好所有的人都只專注在自己的事，沒有人會為此多停留。當車門關閉前車廂內已恢復平靜，女人也早就消失。由四面八方投射而來的眼神再次飄散在空氣之中。朱文錦懷疑自己到底有沒有發出聲音，也許根本就沒有，這樣也好。

朱文錦魚缸裡的小魚不太喜歡吃她新買回來的便宜飼料，一開始灑下的飼料總是漂浮在水面上，吸飽了水分就開始往下沉，降落的過程中僅有少部分被小魚啄食而去，剩下的就一路沉到缸底，在細石上又鋪了一層紅沙。「有吃的就好，還敢嫌，這些飼料都比你們的命還要貴上百倍了。」

按照朱文錦的邏輯，這些散落的紅沙可以換上好幾打的朱文錦。

朱文錦養的魚就叫做朱文錦。

2

朱文錦是一種雜種魚。

「它是鯽魚、金魚、鮒魚三種魚雜交生出來的，是最便宜的一種。」某個男人在追求朱文錦的過程中，曾經花了心思幫她尋找名字的源起。「可是這種現象若發生在人類，就會剛好相反，越是混血，就越是漂亮。」他諂媚地推論：「所以人類的朱文錦是最尊貴的。」朱文錦感謝他這麼說，也感謝這個時代已經沒有人會認真地調查一個人的血統，並且像寵物般以純粹度來定義貴賤。

朱文錦用她淺薄的臺灣歷史知識，大剌剌地編造自己的血統：「我有八分之一的荷蘭血統喔。」朱文錦知道「四分之一」以內都證據確鑿，考據容易。但比「四分之一」再小的機率就可以是「想像出來的」。任何人都可以任由自己的喜好、興趣、長相的傾向去量身訂做一套血統，比如她有朋友自認是日裔的，因為那陣子她連看了幾齣日劇，熱愛岩井俊二的電影與村上春樹的小說。「我有八分之一的日人血統，」她說，「要不然我怎麼可以那麼懂得日本人的哀愁與美麗。」

朱文錦的荷蘭血統純粹是一種叛逆。

當她開始發明這個謊言的時代，正是全民哈日的高中時期。那段日子朱文錦及其同學們都經歷過同樣的體驗：在午夜來臨前搶坐到電視機前，鎖定日本臺觀看最新一檔的日劇。但這卻同時是一場情緒折磨。這時候沙發的正中央總是安安泰泰地坐著一個撐著腫脹眼皮、呵欠連連的太上皇母或老爺，醉翁之意不在酒地將「日劇時間」轉化為「親子時間」，畢竟能和青春叛逆期的子女好好坐下來說話的時間已經不多了。

藉著日劇中男女關係的劇情發展，太上君們不時散播著他們所謂成熟的感情觀和家庭觀，順便迂迴地採集兒女的各種反應，是否符合他們心中叛逆墮落的警訊。但為了那一兩個珍貴的男女主角 kiss goodbye 鏡頭，大多數的少女們寧願暫時在左耳與右耳間，選擇其一失聰。除非有些特別艱難的時刻，比如太上君終於說出了「這種男生跟男生搞在一起的戲是在演什麼，夠不夠噁心？」之類的話，朱文錦才決定離開現場。她靜悄悄、慢吞吞，不讓任何人看出她內心的喜好與厭惡。

她最後只能選擇在假日的悶熱午後，一個人坐在微微發燙的地板上看著第二輪的重播日劇，寧願讓自己心臟怦怦跳動的時間遲到兩個月。

朱文錦的叛逆就是這樣靜悄悄的。即使她笑著深田恭子壯碩的大腿時，自己也穿著短裙泡泡襪；不自覺地跟著佐藤藍子用誇張的語調對著身邊的人說話。但她總是不輕易地讓自己成為什麼集合體的一部分，並對所有的集體熱情都保持著距離。當同學們相約蹺課前往中正機場恭迎柏原崇來臺，朱文錦乖乖坐在教室裡聽著非常年老的英文老師用臺腔英文唸著：The way to a man's heart is through his stomach. 她的朋友洗了十張有柏原崇後腦勺的照片回來，朱文錦要了一張，看看自己會不會喜歡他一點。

她對自己的冷漠與孤僻感到一絲遺憾，她無法完全迷戀什麼，也無法屬於什麼，她可以是什麼，也可以什麼都不是。但是，她卻對這樣清醒的自己感到驕傲。

然後她開始想像與捏造。

她的祖父祖籍河南，只要有人問起她的家族籍貫，她故意抹煞了鼻音，將「河南」變成了「荷蘭」。語畢，彷彿她馬上就能在胸前捧出一大束的鬱金香，她天生淡褐色的瞳孔也成為了完美的假證。「荷蘭」比「日本」還遠，還異國，聽過的人都深深為之著迷，彌漫在一股完全異於熱帶島國的歐洲童話氣氛裡。清冷夜空，朱文錦的雙眼就像梵谷的繁星還在那邊轉啊轉的。

大多數人來不及辨別真偽就在漩渦裡優美地窒息了，只有少數人會噗嗤一笑，伸出五根手指左右晃動著說：「騙肖咧！」朱文錦十分痛恨這種愛找麻煩的人，如果選擇相信她的話，彼此都可以舒服地沉溺在幻想之中。

「真的嗎？最好是。」女人聽完朱文錦那奇異的身世之後，微微挑著那道淺褐色的眉毛，嘴唇幾乎連動都沒動地丟出了問句，而且還不指望朱文錦回答。

3

女人的褐色眉毛似乎更稀疏了，單眼皮眼睛的眼角有著兩道分岔的魚尾紋。隨著列車在漫長的隧道裡搖晃的速率，魚尾似乎也輕輕地隨波搖擺著，像是朱文錦魚缸裡的那些小魚，休息的時候雖然凝結在水中的一點，但有事沒事還是會像突然被電到一樣抽動著魚鰭。

「女人的兩邊眼尾已經各長出了兩隻朱文錦。」想到這，朱文錦暗自得意。

從第一次見到女人開始，朱文錦就隱隱然感覺到女人對她的輕蔑之意。那時候女人還稱不上是「女人」，因為連朱文錦也稱不上是個「女人」。大約是卡在女孩以上、女人未滿的年齡裡，閃著半熟蛋蜜光澤的她們終於相遇了，在幾百公尺之外她們就敏感地嗅聞到對方的敵意。

在「成為女人」的路上，必然要通過同性之間殘酷的挑戰與挑釁，這場戰役非關獵物，亦非關自尊和驕傲，反而正是因為感受到對方與自身的許多雷同，所以才要將對方毀滅，否則，自己存在的價值就被取代了。她們站在褐色草原的兩端，漫天鋪來的肅殺之氣充斥在天涯與蒼穹之間，衣衫飛舞，各自緊握著劍柄等待出招。

朱文錦打從名字就感覺略遜了一籌。當她看見水族館內最角落的那一櫃往往塞滿了密密麻麻的小魚，貼著用麥克筆寫的「朱文錦一斤十元」之後，她就吵著要改名。她的母親只冷冷地回答她：「那妳覺得要改什麼好？朱紅龍會不會貴一點？」

不光是朱文錦這三個字連起來有問題，連「朱」本身都是個悲劇。從小到大，她已經收藏了好幾十張寫著「豬文錦收」的聖誕卡或紙條。怎樣，不是豬就是魚？她真希望自己有個荷蘭姓氏和名字，這樣才能徹底擺脫豬魚混種的血統。

而女人叫黃意婷，三個字端端秀秀，不是動物也並非植物，好像有什麼意思在裡面，但仔細推敲也沒發現什麼明顯的意義。朱文錦即使不喜歡她，但仍寧願和她換個名字，要不，換個家世也好。

朱文錦在高三那年開始寄宿在學校附近的學生公寓。母親跟著她來看房子，房東先是介紹走廊的第一間大坪數套房。新裝潢的木頭地板還散發著木頭香氣，而打開嶄新木材訂製的衣櫃時，刺鼻的甲醛味像幾百枝大頭針同時撲面而來，把人的眼睛都刺出淚了。這些氣味再次強調這個房間的嶄新——在這裡，沒有前人留下的軌跡，所有的記憶都從新的房客住進去的那一瞬間開始記錄起。

朱文錦腦子裡跑出千百種在這裡寫下記憶的方式：比如眼前那扇可以看見整條巷子動靜的大大玻璃窗，可以讓她在打開白色窗簾的瞬間迎接美好早晨的陽光；在每個陰雨天，她打算錄下憂傷而詩意的雨聲；寫作業的時候，她會聽見在窗口不斷迴蕩的巴哈鋼琴練習曲，每當節拍一掉落，朱文錦可以用哼的幫她縫上。

但母親粗獷有力的手忽然拉了朱文錦一把：「這間太貴，走，看別間。」朱文錦正想像在窗前栽種可以爬上整個窗格的藤蔓，她喜歡葡萄藤蜿蜒而柔軟的姿態，遠勝過那種有著粗獷大葉的盆栽。但母親剪斷了她的幻想，拉著她往後走。

「最便宜的就好。」母親大聲說。

母親就是株直接爽快的大葉植物，厚厚的葉片從來不彎折也不扭曲，沒有多餘的根鬚在那邊做無謂的牽扯。房東帶著她們走向走廊的尾端：「這間雖然沒有窗戶，但是木頭地板很耐用，不用買床，很方便。」這些實際條件確實緊扣了母親的需求，不是金主的朱文錦沒有選擇的權力。

在走廊最深處的朱文錦，看著一個又一個的女孩像洋娃娃般，由她們的父母為她們選擇放置她們的空間。每個身分都會找到適合那個身分的小房間。朱文錦不得不承認她是最不值錢的那一個，她被關在暗無天日的空間裡，就像被埋在地底的棺材一樣，她只能用手指摳著棺材屑度日。而最值錢的洋娃娃莫過於最後一個搬進來的黃意婷。她舒舒服服地搬進了那個有著大窗與白色窗簾，葡萄藤綠葉爬滿窗戶的明亮房間，黃意婷代替了朱文錦在這裡寫下綺麗的記憶。

朱文錦和黃意婷各自住在同一間公寓的走廊兩端，是不同世界的人。從黃意婷出現開始，朱文錦就知道了。即使陸陸續續搬進公寓裡的女孩中，大家都分不清楚黃意婷和朱文錦，只有她們兩個穿著同樣學校的制服，也只有她們兩個安安靜靜的話不多。但朱文錦知道黃意婷姓「黃」，朱文錦姓「朱」；黃意婷叫「黃意婷」，朱文錦叫「朱文錦」；黃意婷住第一間，朱文錦住最後一間；黃意婷穿鋼絲圈軟棉墊蕾絲花邊粉紅色的胸罩，在晒衣臺上尖挺地隨風飄盪，但朱文錦的內衣卻是肉茶色的純棉布料，泡過水就皺巴巴地縮在一團，隨風束成愁眉苦臉的表情；黃意婷不太和朱文錦說話，朱文錦也不太和她說話；黃意婷偷偷觀察著朱文錦的生活，朱文錦更是仔細地記錄她生活的細節。

4

那些悶熱夏季的早晨，房間沒有窗戶的朱文錦常活活熱醒。她平躺在地板的正中央，身上穿的棉質背心很快就被汗水滲透，皮膚因為逐漸升高的氣溫而蒸出油膩的水分來，額頭與眉際邊緣也緩緩地流下了豆大的汗珠，她動也不動地感受著這前所未有的熱氣。

一個人可以被蒸餾出多少水呢？她好奇地揣想著。隱約間她聽見遠處的音響傳來了德布西的鋼琴曲〈阿拉貝斯克〉，想必樓下的小孩正在練習彈琴。流暢的音樂線條像蓮蓬頭裡湧出的涼快水氣，她想起身沖澡，想從沙漠般悶熱的空氣中找到縫隙呼吸。

但事情就這樣發生了，她忽然動也不能動，甚至無法從喉嚨發出一絲絲的聲音，她失去了所有的力氣。但她並沒有感覺到什麼不舒服的地方。沒有可怕的靈魂壓在身上，更沒有看見什麼恐怖的鬼魂。只是忽然間，什麼力量都沒有了。

她的眼球還能轉動，全身的汗腺也旺盛地奔流著液體。她的聽覺還敏銳地偵察著，〈阿拉貝斯克〉的音樂持續在房間內流動，像一株綠色的葡萄樹藤，快速地在房間蜿蜒與生長。

接著，她忽然意識到自己被大量的液體所包圍著，首先是汗水，再來是從浴室門縫不斷湧出的水，它們從腳趾間快速地襲擊而來，瞬間就爬竄到腰際，水一漫到腰間，腎臟遇到冰水時還酸酸地顫慄了一下。白色棉衣完全成為黏在皮膚上的薄翼，就像剛熱好的牛奶上面那一層薄薄皺皺的薄膜伏貼在皮膚上。水位則淹沒了頭顱和身軀，她漂浮在這個由小小房間所構築的立方體水域的中央。

來不及恐慌，就被這種奇異的漂浮感給征服了。如同一隻魚，雖然看起來正在休息般不動也不動，實際上卻是被四面八方的水所擠壓凝結在無法動彈的一點。沒有人會知道她內心的恐懼，只當她在休息。

她漫無天日地躺在漂浮的空間之中，沒有光線也沒有溫度，時間變得很慢。如果沒有人打開門，司馬光般地讓那一室的水流洩而出，她恐怕真會因為吸收大量的水分而膨脹，而後再逐漸萎縮，萎縮成一個拖著長髮的嬰屍，皮膚皺成無數條細長的灰白小蟲。在漫長的時間裡，朱文錦幾乎放棄了各種求救方式。

突然間，黃意婷出現了，她輕輕鬆鬆地扭開朱文錦房間內的喇叭鎖，所有的水順勢往走廊流去，沖散了朱文錦擺在門前的脫鞋，黃意婷兩隻細而白的腳站在水裡，將這些淹水分隔成趨往兩個方向的水道，她眼神銳利地橫掃了房間四周：「喂！妳在幹麼？」朱文錦瞪大著眼看著黃意婷泡在水裡的腳。

「妳房裡的鋼琴音樂很吵耶。」黃意婷被眼前裸露的朱文錦嚇到，又大聲叫了一句：「妳為什麼不穿衣服？噁心。」

黃意婷迅速關上了門。

「怪咖！」她說得很小聲，但朱文錦卻聽進去了。

此後朱文錦在那整個夏季早晨，都不斷地被溺斃的幻覺所纏繞著。常常在水裡驚醒，無法動彈地任由水的浮力將她的身體凝固在房間中空的位置。從門縫湧進來的水流總是無法控制地將朱文錦的衣服都撩起。

如果那一次的水流更大一點，朱文錦全身上下的衣服就會像蟬蛹一樣脫落在水域的底層，她毫無招架之力地看著自己的裸體。從小小的、核桃糕一樣微微突起的乳房，長成像母親拜拜時附著龍眼乾的米糕。如果咬一口會怎樣？在水裡她嘗試彎曲自己的身體，將吸盤般的嘴唇靠近龍眼乾，但她總是無法吃到，她那時還不知道，原來她的米糕還太小，而米糕一小，龍眼乾就會看起來特別大。

而黃意婷也總是在這些時間點偷偷開啟朱文錦的門，如果上了鎖她就在外面靠著門聽著。朱文錦透過門縫看見黃意婷的拖鞋，她十個精巧的腳趾頭整齊地排放在從走廊穿越而來的早晨陽光裡，像十顆白裡透紅的小葡萄，充滿活力地懸在葡萄樹的尾端。雖然黃意婷看不見朱文錦房內滿溢的水，卻看見她像一條活生生的魚，神色恍惚地遊走在另一個世界。

黃意婷如同吸毒者般沉溺在窺視朱文錦的樂趣裡，但也日益痛恨朱文錦那裸露黝黑，野蠻地像藤蔓般四處伸展觸角的混濁身體。

5

「我很怪嗎？」朱文錦問他。

「嗯。」

「你也很怪。」朱文錦回他。

「這世界上哪個人不怪？」

「但大部分人很怕別人說他怪。」朱文錦像是在說自己。

「大部分人在別人說他怪的時候，多少都有點沾沾自喜。」男人揣測著朱文錦的言外之意。

「也許人在說別人怪的時候，也帶有沾沾自喜的成分。」朱文錦想到黃意婷每次窺視她時，那種嗤之以鼻的表情。

男人是朱文錦學校裡的年輕老師。他看上朱文錦的直率與一種與年齡不相稱的過熟。而朱文錦大概就剛好相反，喜歡他的婉轉與年齡不符的幼稚。他們各自擁有不屬於他們年紀的怪異。朱文錦曾經在他的課堂上搗亂過，男人的眼裡卻沒有怒意，鑿空的眼窩裡貯藏著沒有底限的憂傷。她一看到這種眼神就知道她得到他了。果不其然，當天放學朱文錦就看見他呆坐在樓下的機車上，暮色將他嶄新合身，但卻不適合他的西裝照得發紅。他的頭髮淺淺地透嬰兒般的金黃色。朱文錦走了過去，趁他一句話都還沒開口之前，緊緊地從背後環繞著他：「跟你開玩笑的，不要生氣。」

男人十分依賴朱文錦從背後環繞他的感覺。他日益嚴重的憂鬱特質在朱文錦的環抱中得到治療。他抱著膝蓋坐在朱文錦小小的、站起來就會覺得狹促的房間裡，朱文錦就將臉靠在他的背上，直到不小心睡著。

睡夢中，朱文錦看見他們坐在植滿玫瑰的黃土上，他背對著她，吃力地扒著土。朱文錦卻像個娃娃一般地掛在他的背上，憐惜卻無力地看著他脖子上冒出來的汗珠。朱文錦忽然被他慢慢湧起的哭聲嚇到：「不要哭啊！你看花開得很漂亮。」但是他一哭就哭不停了，手還是不斷地挖著土，那些髒髒的土砸得朱文錦滿臉都是。「不要再這樣了，停止。」他忽然轉過頭說：「我也想啊，可是停不了。」

那是一張滿臉冒著水氣的臉。被水泡得浮腫，長出小小白色芽斑的平靜的臉。

自從那個怪夢以後，朱文錦從此不讓他再來她的房間，她總覺得這個房間裡有什麼不乾淨的東西。會讓所有的人事物都被莫名其妙、不知從哪裡湧來的怪異幻覺所吞噬。

在這裡越來越茁壯的，只有朱文錦逐漸抽長的四肢與慢慢隆起的胸部、黃意婷不斷在走廊上穿梭的腳步聲及貼近朱文錦門縫的眼光，還有公寓外牆，那不斷往月光深處抽芽，張牙舞爪，捲曲著細長鬚根的葡萄藤蔓。

朱文錦與男人時常在外面的旅館過夜。朱文錦的米糕在老師細心的教導之下，逐漸蒸出了腫脹的飽和度，而他容易緊張焦躁的病癥也在與朱文錦互相纏繞的儀式中得到暫時性的出口。但就僅僅是這樣，如同夢境一般，朱文錦始終看不透眼前的男人，永遠都沒有辦法伏貼到他最憂傷的部分。他們之間似乎還隔著一層無法穿破的薄膜，那到底是什麼呢？他們的性愛一次比一次更激烈，就像是在迷霧裡找尋出路。找不到時，事後就得花更長的時間癱瘓在死水般的沉默裡。

「你在找什麼嗎？」朱文錦問。

「確認妳還是不是朱文錦。」

如果不是呢？不是的話會不會好一點。但朱文錦一直都是朱文錦，即使她想改變，也改變不了。

6

「妳在找誰嗎？」

「朱文錦是不是住在這裡？」

「她很久沒回來了。」

「妳是她室友嗎？」

「不算，我們隔著一條長長的走廊。」

「她好幾天沒來上學了，老師要我來找她。我是她同班同學。妳知道她最近在幹麼？」

「妳真的想知道嗎？我可以告訴妳，但妳不要和別人說。」

7

早晨的陽光把朱文錦的腦袋晒得昏沉沉的，腦袋的細胞因為光合作用正逐漸鼓脹，整個腦殼都快被撐破。連著幾日都和男人住在外頭的旅館，每晚都在激戰。睡眠不足的朱文錦眼皮因為血壓略高而跳動不已。

朱文錦不知道的是，今天早上，她在教室的課桌椅都變成白鳥飛走了。她走進教室，原本擺放她的桌椅的地方已經空了。她朝著窗外一看，一隻巨大的白鳥在嫩綠色的操場草皮上憩息。

陽光將牠的白色羽毛照得發亮，像鋪著一層粗礪材質的薄紗，如果真有什麼「決定性的瞬間」的話，當朱文錦看見她的木頭桌椅上被貼著一片片白色的東西，頹廢荒謬地倒躺在修剪整齊的綠色草坪上，那就是她視覺上最「決定性的瞬間」了。在所有排列整齊格局方正的種種事物之中，出現了這麼一個異質、荒唐而不合時宜的怪胎。這樣的怪胎勢必會受到處罰。她心中升起了極大的憤怒要與之抗衡。

朱文錦的桌椅從三樓教室跌落在綠地，沒有四濺的血花，也沒有癱軟分離的軀幹，些微的骨折讓它站不安穩。走近一看，它的身上莫名地長出了幾十張貼平的衛生棉，上頭用紅色粉筆寫著：「賤女人」。朱文錦最恨的不是桌椅被拋出這件事，而是他媽的到底是誰居然用醜陋的娃娃體寫那三個字。

「是誰做的？」朱文錦對著教室裡的同學低聲地問了一句。

沒有人敢正面看她、回答她。或者竊竊私語、或者聳聳肩、或者繼續低頭讀書。在這樣困窘的狀態中，她只覺得所有的人都是共謀者，即使不是她們幹的，但只要目睹這一幕的人都平白無故多了一場精采的戲劇可供觀賞，而這場戲裡唯一的丑角就是朱文錦。

「妳怎麼不問自己先做了什麼？」人群中出現了這樣的聲音。朱文錦大概猜出了是為了什麼事，她於是大聲回應：「我做什麼干妳什麼屁事？」

朱文錦也變成一隻四處飛竄的鳥，在校園的各地找尋她處處散落的物品。她在教室的蒸飯箱裡找到幾本邊緣都已經捲曲的筆記，沾著黃膩的油漬和惡臭悶味；她還在學校的垃圾場裡，看見散布在各處的課本。

「算了。都丟了算了。」

朱文錦本來就不喜歡讀書，考大學她本來就肯定沒指望，課本少了幾本也不會更慘。她全身髒兮兮地走回教室，路過了教師休息室，看見男人身邊圍繞著一群像小鹿般年輕可愛的女學生。男人正好抬頭，看見了窗外的她，他對她露出了燦爛的笑容。

什麼鬼，他居然還笑得出來。

8

朱文錦凝視著眼前撈小魚的紙網，她已經弄破了好幾支。怎麼這麼脆弱？都還沒碰到魚，光是不同方向的水流就能將它沖破。男人倒是很有技巧地將框緣作為支撐渾圓魚肚的支點，一條又一條胖乎乎的魚仔兒就掉進他的塑膠小盆。

「送給妳，剛好一打朱文錦。」

他們還去採買一個寬敞的水族箱、六七株嫩綠色的新鮮水草、晶瑩剔透的五色彩石、打氣的幫浦和一支具有增溫效果的溫度計。

男人幫朱文錦把水族箱布置好，並且和她一起觀看小魚在裡頭追逐。有的魚大概沒那麼健康，無力地漂流著，看起來就像好幾天沒好好睡覺的他們。

他們已經促膝長談了好幾夜，但為了兩人的將來，還是決定分道揚鑣。與其說他們兩人都沒有「就算全世界與我為敵，我還是要愛你」的勇氣，不如說，兩人也許都在等這一刻的來臨。他們的戀情就像夏天，還沒過完，就已經開始出汗出油，黏膩得喘不過氣。男人離去前朱文錦並沒有跟他說謝謝，也沒有說再見。她覺得自己年紀還太小，在這種時候可以不用說話。

回復單身的那個夜晚，朱文錦覺得害怕。她總覺得太久沒在這裡過夜，房間裡似乎長出了新的靈魂，在夜裡默默地凝視著她。朱文錦聞到空氣中散發著食物過期的酸腐味，一吸入肺腔，眼鼻就會嗆出些許滋潤的水分來。她偷偷睜開眼睛，看見了魚缸上的藍紫燈光，她的心安定了下來。有十二隻朱文錦，陪著朱文錦睡覺，那還怕什麼？

朱文錦與朱文錦之間的情感，因而越來越緊密。

之後有一天，朱文錦在捷運站的廁所裡，發現有人竟然把魚苗倒在公共廁所的洗手槽。幸好排水孔還塞著，所以這些魚還可以暫且活命。她想起附近的高中早上在舉辦園遊會，肯定是一些缺德的學生買了這些小魚來擺攤，活動結束後不知怎樣處理，只好隨便找個水槽來丟棄。朱文錦找了個塑膠袋，把牠們撈進，再把水放掉。水流慢慢收束成龍捲風般的形狀，在流盡之前打了個巨大的飽嗝，在整間空空蕩蕩的廁所裡造成了回音。

在那個漆黑的又骯髒的廁所裡，朱文錦興起了要拯救全天下朱文錦的雄心壯志。她的小魚缸很快就滿了，她又買了第二缸。

可是，魚類朱文錦就像人類朱文錦一樣，都是會長大的，幾個月後牠們就從一指節長，長到快到一根手指一樣長。朱文錦書念得不怎麼樣，魚倒是養得肥肥胖胖。填科系興趣量表的時候，朱文錦尋找了有沒有「養魚」相關的選項，如果有「養魚系」，那肯定是她的第一志願。

9

朱文錦還是常常做惡夢，但夢裡的主角不再是她自己。

在夢裡，她夢見自己不斷在公寓裡的各個房間穿梭，就像第一次和母親到處參觀一樣，開門，往內探視，接著又關上門。但當她打開第一間，迎面而來的居然是一雙穿著紅色亮面硬皮鞋的嫩白小腳，它們在空中晃啊晃的，朱文錦看得怵目驚心。往上一瞥，一個穿著學生制服，剪著及肩學生頭的女人背對著朱文錦懸掛在空中。朱文錦正要尖叫，那女人便艱難地把頭轉過來說：「妳可不可以不要大驚小怪？就只有沒見過世面的人，才會對什麼事情都這麼驚訝。」朱文錦看著眼前面目猙獰的黃意婷，嚇得全身顫抖，迅速和母親退出房間。她們急著想去敲開下一扇門，誰知道，剛打開門，那雙像刮過表皮的白蘿蔔小腿又掛在空中。她們不斷地打開下一扇門，卻也不斷地和那雙白腿相遇。

隔天早上，朱文錦鼓起勇氣敲了黃意婷房門。

門打開的時候，她看見了那扇久違的白色窗戶。窗外沒有綠色的藤蔓，但掛著快速旋轉的塑膠小風車。撲鼻而來的不是嶄新的木頭味，而是乾燥劑與洗衣精的味道。這裡已經是有記憶的地方了。

「妳沒死啊？」朱文錦說。

「妳要幹麼？」

「沒幹麼，就看妳死了沒而已。」

黃意婷氣沖沖地摔了門，朱文錦心裡偷笑了一下，轉身離開。

剛被摔的門又被打開，黃意婷在小縫裡偷看著走向走廊盡頭的朱文錦。

「別偷看了，妳是不是暗戀我啊。」朱文錦突然回頭大聲說。

「神經病。」黃意婷重重關上了門。

10

朱文錦打開音響，她早就不聽德布西，她現在的公寓已經有了一扇窗，可以種植各種隨處四竄的藤蔓，不需要聽德布西的〈阿拉貝斯克〉了。取而代之的是艾力克・薩提，簡單的旋律就很豐滿了。薩提喜歡使用很多不協調音，朱文錦想，如果可以忍受薩提的怪異，也就可以忍受這世界上的許多怪異之事，包括她自己。

有件事朱文錦從來不向人提起，那是關於她養的第一缸魚，她的十二隻夜市小魚。

那天夜裡因為寒流來襲，朱文錦打開水族箱裡加溫器的開關後就去睡覺了。早上時，朱文錦忽然聞到一股難以言喻的香味，就像身處在過年時母親烹煮大魚大肉時的廚房。她驚醒後，發現所有的魚都死在滾燙的沸水裡。加熱溫度計失控了，瘋狂加溫後，竟然把水草煮成黃葉，把鮮紅斑斕的魚都煮成翻肚的白魚。朱文錦為此大哭了一場，畢竟有十二個自己都被自己給殺死了。

那天過後，朱文錦就變成了個非常懷念朱文錦的人。她若能把自己殺死，也就能讓自己活下去。

失敗者的家族相簿

坐在飛機上往窗外看去，晴朗的天空中看不見凝聚如山的雲團，那些屹立在亮藍色背景裡的雪白小山，曾經是飛行中我最喜歡的風景。

第一次看見飛機穿越團團白雲時，我把額頭貼在窗戶上小聲驚呼起來，坐在隔壁的陌生小孩用眼角瞥了我一眼後，繼續盯著眼前的螢幕平靜地打電玩，他的表情彷彿在提醒我這並不值得大驚小怪。但對於將近三十歲的我來說，終於與仰望三十年的棉花雲朵如此親密地擦肩而過，我無法隱藏喜悅。

我屏息地等待飛機穿入雲山的那一刻，並預想一場強大的撞擊。然而，飛機沒有空中剎車也沒有變慢，仍以無所懼怕的速度平穩地穿越，從近距離觀看高聳的雲山，才發現原來只是蓬鬆而空散的白色棉絮，在藍色天空中各據一方地懸浮著。

「這應該給哥哥看。」一邊這麼想，我一邊拿起相機對焦，正準備按下快門，小孩忽然拍了拍我的肩，表情嚴肅地看著我：「飛機上不可以用電子儀器，會影響飛行安全喔。」

「謝謝你的提醒。」我把相機放下。

此後每一次的飛行裡，我只是靜靜地等待在穿越時視覺上的錯覺遊戲，一場扎實的山脈變成稀薄絲絮的過程。但今天這般晴朗無雲的日子，窗框中只映出一大片藍到幾乎滲出油水的天空，看久了會讓眼睛逐漸乾涸、神經抽痛。我決定放棄等待，並從座椅底下拿出了才剛在大阪市區買到的攝影集。

它精巧地被包裹在層層灰白棉紙裡，那是特地請書店的小姐從倉庫裡調出來的全新書。在我回國之前，哥哥託我買本攝影集，「盡量買不要被翻過的，最好是連塑膠包膜都沒拆掉的新書。」過了幾秒鐘後他又迅速修正，「如果沒有全新的話，展示用書也可以。」我懂這句話的意思，當他願意稍微讓步的時候，就代表著他非要不可，也意味著就算我跑遍整個日本，也要把這本書帶回來，無論它面目是美是醜。

我的哥哥很少願意在生活當中沾染到他人一點點生存的記號，他很像那些飄散在天空的白雲，從遠處觀察時總覺得和其他人沒什麼不同，是凝聚在一團、強大而完整的群體，但走近一瞧才發現每一條雲絲都隔著那麼些許的距離，彼此不願意重疊更不願意重複。

因此，他的生活裡充斥著為了抹除與他人生活軌跡重疊的瑣碎規矩：在公車裡為了不增加沾染到來自他人的一點點細菌，他寧願剎車的時候整個人往前飛撲，也不願意撐扶那個沾黏著他人鼻屎、唾液、汗水、鼻涕和各種體液的把手；他定期把錢包裡的零錢拿出來泡在消毒清潔液裡，用中午的日頭晒到它們滿身發燙，然後一枚一枚像品鑑鑽石一樣，在太陽底下測量它的反光度，夠亮的才收回錢包裡；他一日洗頭兩次，洗澡數次，洗手百次，曾經費盡千辛萬苦在網路上標到一件德國進口能防止細菌侵入的防塵衣，並在炎炎夏日裡穿著那套笨重裝備坐在我家沙發上看電視，因為他認為我租賃的那間老舊、長滿黴菌，與飄散著滿室貓毛的小公寓，非常值得他這樣重裝待遇。因此，那種放在展示架上供眾人翻閱的書籍，頁面的尾端高高翹起；銅版印刷的書皮上如刑事鑑定用的模板，烙印著無數枚不同身分不同階級不同種族的人的指紋；還有那因為被過度翻閱，頁與頁之間失去了緊實度，而逐漸塌軟癡肥的書，都讓哥哥如臨大敵般地倒吸三口氣。因此，為了替他買到連塑膠封套都沒拆掉的《十三年間の家族のアルバム》

（《十三年間的家族相簿》），我幾乎跑遍了整個大阪。

在安靜的機艙內，我撕開了精緻的棉紙和塑膠包膜，川內倫子的攝影集瞬間散出一股帶有塑膠與顏料混合，嶄新到讓人心情大好的那種味道。我將鼻子緊緊地靠在書的邊緣，貪婪地繞著四個角落聞過一圈。他如果知道我的鼻孔曾經這麼親密地黏在這本他極度想要得到的書上，且因鼻過敏可能會控制不住滴下來的鼻涕，應該會置我於死地。

如臨深淵、如履薄冰，如撩開渾身發著溫潤氣息少女的衣領般，我輕輕地翻開第一頁，深怕折到一絲絲皺紋後，哥哥就會送我上天堂。

1 光圈F5.6，快門1/60，ISO400

光線從雲層底部稀稀落落的篩落，天氣陰。焦點落在小路前方的木瓜樹上，四顆未熟透的青色木瓜在雨水洗刷後像敷上一層水膜，在鏡頭前飽滿晶亮。路的盡頭是濟陽梁家祖厝，黑色屋頂，灰褐色老舊牆面，窗框的色澤是斑駁的淡藍，一種幾乎像是剛下完雨還來不及還原成深藍色天空的那種窘迫淡藍。

去年元宵過後第七天，雖已初春，但潮溼寒冷的程度卻遠大於寒冬。按照客家習俗，是返鄉祭祖之日，我和哥哥從臺北開車南下苗栗，父母從高雄坐火車北上，約在火車站見面，再一同驅車前往只剩下空厝一座的西湖。其他旁系親屬大抵皆如此，從南北大城市聚到中型的城鎮，再從各地的城鎮集合到祖墳前。

然而，對於生活在忙碌現實世界的我們，不管是閒閒沒事還是忙到七竅生煙，每年只要一到這個時候，一隻巨大的手會將我們從辦公桌前、正在打怪的電腦前硬生生地拔起來，集中到鄉野間的一座墳前，任憑沒了主人但卻繼續進行的現實世界，逐漸失了序、輸了遊戲、少賺了錢。不過其實我所害怕的不是那擱在背後的生活秩序在短短這兩天的變化，而是當我們從散落的四方被集中擺放在這個小小的祖墳前時，總得重新將那些平常生活的習性和氣味先行抹滅，然後，收斂好情緒，到這個墳前，磕頭上香，擺出家族之間相同的表情。

「一年沒回去，並不會怎樣吧。」我向專心開車的哥哥抱怨，「而且我又是女的。」哥哥從小拿到比我多兩倍的壓歲錢，在他一路念師範體系直到畢業之前，每年幾乎都聽見叔叔們輪番拍拍他的肩膀說：「梁家這一代就要靠你撐了。」至於站在旁邊的我，他們瞇著眼笑著說：「妹妹長大越來越漂亮，什麼時候要嫁人啊？」我懂他們嫁人的定義，公務員和老師叫做人，其他非也。

哥哥畢了業，卻沒有按照宗族的期待成為一名頂天立地的老師人類之後，似乎也能體會到從「人」族到「非人」族的心路歷程。他一邊小心地打著方向燈超車，一邊回答我：「妳以為我想啊？有什麼辦法呢？」然而他不忘繼續叮嚀我等下說話要小心，不要每次都讓他在後面擦屁股，說「對對對」就好，問未來就說正在準備高普考就好，其他的就閉上嘴吧。和叔叔嬸嬸他們說話，只要說重點，識時務地撒點謊，因為說越多大人就碎碎唸更多。一回家老媽覺得面子掛不住，面子掛不住心情就不好，心情不好就開始說「你們梁家都一個樣」，「梁家都一個樣」就表示妳和我都完蛋了……我看著窗外絡繹不絕的細雨，像他嘴中吐出的字句般沒完沒了。

車過苗栗車站，母親和父親剛在火車上吵了一架，兩人上了車後悶頭不說話，我和哥哥也安靜下來。每年這種時候，明明不是客家人，也不姓梁的母親卻得負起責任，回總公司交代客家梁家分店本年度的人事流動與業務狀況。我和哥哥是業績掛零還負債自虧的怠職員工，父親則是老神在在，一副不干己事的掛名店長，遇到總公司盤查就把老媽推出去然後自己躲進倉庫裡抽菸避風頭的那種。

老爸總說：「放輕鬆，又不是去打仗。」但消息靈通的母親老不忘報告敵軍最新發展：「玉卿說梁仕傑考著中一中，還有那個梁仕偉喔，說畢業後要去當工程師。恁兩個沒頭路的，叫我等下怎麼報告？等下攏惦惦麥講話，有人問就我來講。」

「你，」母親手指著哥哥的後腦勺，「現在在準備考教師甄試。還有妳，」她接著把手指指著我的太陽穴，「在準備高普考要做公務員。最後就是你，」她把手指放下，用眼角瞄了一下整條路上悶不吭聲，假裝在看風景的老爸說：「不准再跟阿婆借錢去賭博，也不准跟你哥去後山喝酒，最好都惦惦不要說話。」

車上正放著Max Richter的〈On the Nature of Daylight〉，在哥哥逐漸孤僻而乾淨的日子裡，他幾乎無法忍受太過複雜華麗的音樂，他需要的是不斷重複的簡單節奏，並在熟稔的音符間慢慢找到往前行的感覺。一開始樂曲緩慢而穩重，低音弦樂能撫平因為母親急躁的語言所造成的心理皺褶，當被掀起的小小波紋逐漸靜止的時候，中音的弦樂像一支雀躍的異軍，加進了合奏。生命中總有些時刻，聽見了一些不那麼熟悉、來自於不明遠方的召喚之音，要你勇敢地偏離軌道，要你理解轉彎的意義，那幾乎成為隱形的力量，以為自己從此就可以任性地脫軌了。但這個時候，生命的旋律又開始重複安定的美好，新加入的高音旋律，再怎樣異質，最終還是重複著規律的節奏，提醒著無形的常規仍然厚實地存在，如一道蓋在邊界、永遠摧毀不了的石牆。誰能永遠都是個異類呢？那也太累了。

在細雨中，車穿過了煙霧瀰漫的農田與靜巷，最終，遼闊的田野於眼前展開。一棵結了累累的木瓜樹苗條地站在田中小道的開端。哥哥匆促地在路邊暫停，要我們等他一下。木瓜樹挺立在細雨當中，剛從雲層中探出頭來的陽光精密地沿著枝幹的輪廓鑲起鵝黃色的邊，木瓜葉在風起時抖落一身雨水。視線往後延伸一點，路的盡頭就是祖厝了，濛濛的煙霧替古老的祖厝抹上薄薄的柔光蜜粉，而哥哥跪在路口，仰頭拍下了剛沐浴完渾身透著嬰兒粉嫩光暈的木瓜樹，一地的積水逐漸滲透入他燙得筆直的格紋西裝褲，但他並不在意。

2 光圈F2.5，快門1/200，ISO200

鞭炮屑像是春天裡被風吹落的櫻花瓣，層層疊疊在墳前。寫著「吉祥納福、國泰民安」的六角形鞭炮盒轟轟烈烈地吐盡了一生的能量與血漿，在畫面的右下方陣亡。一邊死，一邊露出那張笑到闔不起來的嘴。

哥哥像個瘋子般地著迷於攝影，是這幾年來的事。但也是在這幾年的時光裡，他逐漸被家人藏了起來，像是壞掉的、失去控制的機器玩具，被塞在櫥櫃的最裡面，有時想起時被拿出來感嘆，感嘆完再塞回去。

衝突總是發生在母親收店回家的時候。她那二十多年的早餐店在小鎮裡，已經成為了小鎮八卦消息的集散地，在吸收一天份量的小鎮新知之後，母親總是因為貢獻不出什麼可以自誇的好消息給街坊鄰居眼紅而感到自憐。

其實，小鎮裡重複著的消息總還是那些不那麼風光的、偏離倫理常軌的事件，比如說有個常客的妻子，因為嚴重的憂鬱症差點拿刀殺了他而進了精神病院；還有那個每次來店裡嗓門很大總愛開人玩笑的王桑，又再一次被老婆抓姦在床，但這段婚姻總還是能持續。母親最愛分享的，還是那一對每天一起來吃早餐的父女，那個未嫁人也沒有工作的三十多歲癡胖女兒，仍像個羞澀的小女孩般黏貼在滿頭斑白髮的父親身後，無法與其他人正常對談。老父將剛上桌的蛋餅用竹筷攪得細碎，再一口一口地送進女兒的嘴裡。

然而，過年過節之時，當從城市返鄉的年輕人挺拔地出現在早餐店裡，母親總能辨認出那些對小鎮人來說格外不平凡的城市氣味。工程師、老師、公務員，還有在國外念書放假回來的老同學，當他們浮著金光出現在早餐店時，那些隨口禮貌的問候：「梁某某最近好嗎？現在在幹麼？」總是讓母親頓時啞口無言、像是撞擊到她那在心中逐漸擴散的失落板塊，釀起了一波波的地震。

「怎麼會這樣呢？」她思索著問題到底出在哪裡。哥哥一路念小鎮裡最好的高中，然後考上讓母親連煎蘿蔔糕都會微笑的師範大學。就在這棵樹長大快要結出果實的時候，它居然停止生長了。他拒絕了繼續照耀的陽光、土地的養分和空氣中的水分，他竟然對著快要碰觸到的天空說：「夠了。」

「怎麼會夠了？」母親提醒哥哥就差那一步，就可以踏入那安穩的、讓她驕傲與嚮往的世界，真的，只要再一步。

只差那一步就會跌進那個安穩平靜，但對他而言卻是永恆黑暗的世界。他似乎對安穩平靜，明天的生活模仿著今天的生活那樣的日子感到無比的厭煩。可是「做自己想做的事」，在一個普通，但沒有多餘的閒錢去改變生活模式的家庭裡，是一場極為艱難而緩長的革命。

「那你想做的事是什麼？你說啊？」媽媽問。

「我不知道啦。反正不是當老師。」哥哥回。

「你根本就是為反對而反對。那要不然這樣，我若跟你說：『絕對不准去當老師』，這樣你就想去當老師了。」

「事情哪有這麼簡單？」

「那你解釋給我聽啊。不要小看我，我是沒受多少教育，但我都有跟上潮流。」

怎麼解釋呢？他也無法想清楚到底自己要做什麼。他慢慢地想，越想越糊塗，只好將自己沉浸在一些反覆的動作裡。每次他從城市返家，所帶回來的那一堆日夜顛倒的習性，為這個平靜傳統的家庭帶來了很多困擾。

他總在爸媽剛剛醒來的時候入睡，在他們中午收店準備休息時，他才準備開始一天的生活。此外，每隔幾天，他就習慣將衣櫃裡的衣服全都翻出來，一件一件丟進洗衣機裡，慢慢地倒入洗衣精，均勻地攪拌，浸泡個半把鐘頭，看著它們在白沫裡失速地瘋狂翻轉。這樣幾近無聊到人崩潰的尋常事物，他居然像染上了毒癮一般沉溺著。一批衣物洗完，他迅速尋找下一批衣物，直到所有的衣服都洗光了。他走進我房間問：「還有沒有衣服要洗的？」

那日母親一收店就上了陽臺，對著盯著洗衣機發呆的哥哥問：「你還記得林曉雯嗎？」哥哥搖了搖頭。「就那個國小跟你同班，他們家和我們家一起去玩過一次，小時候功課沒有你好，但後來也跟你一樣念師大，不過是念我們高雄這邊那間的女生啊？」

「怎樣？」哥哥問。

「死了。」

「什麼？」

「我今天才知道她死好一陣子了。說是從宿舍跳樓，怎麼我們都不知道？」她看了一眼似乎沒有和她表示同等震驚的哥哥，懷疑也許哥哥老早就知道只是沒有說，她繼續說：「近日她媽媽來買早餐，好幾年都沒來了，變得有夠老，我都認不出來。我認出來後就問她林曉雯現在在幹麼，我們梁仔還沒有女朋友。」

「你跟她講這個幹麼？」哥哥轉身把籃子裡的衣服全部丟進洗衣機裡。

「奇怪，長得漂漂亮亮的。又不是沒飯吃，沒錢生活，說要自殺就真的去死耶，碰一下就這樣摔到地上。你們這些小孩到底有什麼說不出的壓力？」

母親越說越小聲，最後靠在哥哥的身後，像怕被別人發現地問：

「你覺得她為什麼自殺？」

「阿災。」哥哥回答。

「你不會也給我去自殺吧？」媽媽說。

「難講喔。」

「什麼難講。你不可以喔。你死我也就跟著死，心肝都碎了。」媽媽忽然嘆口氣說：「當老師其實也沒什麼了不起。」

「你覺得她為什麼自殺?」這是答案跟著死者一起死的問題。

哥哥當然記得國小時期那個常常坐在教室最後面,話不怎麼多,總是留個長長的馬桶蓋瀏海蓋住她半張臉的女孩。哥哥記得他小時候曾經在背後叫她:「野口」,因為這女孩的髮型以及她倒三角形的臉頰實在像極了《櫻桃小丸子》裡那個每次都陰著臉,在教室後面飄來飄去的野口同學。直到有天哥哥真的把林曉雯聯絡簿的名字用鉛筆畫了兩橫槓並改成「林野口」,林曉雯才知道原來她在她默默喜歡的那個男孩心中,不過是一個拿來取笑、拿來和卡通人物對比的荒謬形象。林曉雯拿著聯絡簿走到他面前,突然歇斯底里地對他吼叫:「你說,你怎麼變成這個樣子!」

哥哥說,後來的小學生活中,她的行徑就索性更加地「野口化」了,她總是站在別人的背後,臉上像抹著幾條斜線般地陰翳不明,面目逐漸模糊。畢業以後的同學會裡,幾乎沒有人可以清楚想起她究竟長什麼樣。

林曉雯的父親與爸爸都是渡口賞鳥會的同好,曾經兩家一起出遊。抵達河岸以後,兩家人下了車,哥哥才知道野口也跟來了。哥哥逼迫著我叫她「野口姊姊」,而不是「曉雯姊姊」。我順了他,我覺得那樣很有趣。

「野口」、「野口」地叫了幾次，野口卻不怎麼生氣，她那尖尖的倒三角形臉配合著齊瀏海三角狀的香菇頭，上下合體就組成一個端正的菱形，我忍不住大笑，她羞赧地回了我一陣難堪的傻笑。哥哥和其他人玩的時候，我和野口離開了堤岸，偷偷地爬到沙地上。「沙地上的洞是小螃蟹的家，如果往那個洞的旁邊使勁地挖土，我們就會挖到螃蟹喔。」她說。

黃昏的沙地像是一張褪色的暗褐色相片，遠方哥哥和爸媽的身影糊茫茫地泡在金黃色暮光的溶劑裡，從此被溶解在遠方，再也不會回來。我與野口交換了微笑，迅速地把鞋子脫了，大叫大笑地衝進沙地裡。

「她今天為什麼笑得那麼開心？」兩家互相告別的時候哥哥問了我。

「阿災。」我回答他。

母親始終難以想像這樣一個好好的女孩長大了會自殺，她開始對爸爸說：「其實你兒子你女兒沒什麼用也沒什麼關係，至少不是去殺人放火，又不是窮到養不活他們，幹麼給他們那麼大壓力？留在家裡多好。」

「是啊，我們的衣服都被洗到白帥帥了。」爸爸看著報紙答腔。

我不知道野口為什麼死，但我知道她為什麼笑。

那一個下午我和林曉雯逃離了父母們的視線，赤足踩進了鬆鬆軟軟的金色沙堆裡。我們先徒手挖開洞口旁的沙，潮水順勢朝著塌陷的洞口湧了進去，過了幾秒，一隻硬幣大小，不斷揮舞著螯爪的螃蟹踉蹌地爬了出來。我們小心翼翼地用樹枝挑起牠。我問野口要帶回家養嗎？不然怎麼辦？她想了一想說：「把牠丟進你哥的內褲好不好，最好把你哥哥的小雞雞剪斷。」

當然好啊，我覺得這肯定會很有趣。

在夕陽的餘暉裡林曉雯那三角形的頭髮變成一粒正港的黃金粽，她細細小小的五官首先稍微聚攏了一下，緊接著眉毛和眼睛像忽然盛開的花一樣，劇烈地舒展開來，朝著我彈出了一大陣清朗的笑聲。

我記得她笑了好久好久，笑到闔不攏嘴，笑到忘記自己有天也會死。

3 光圈F7，快門1/60，ISO200

很遠處是蒼灰色的森林，枝椏與枝椏重疊，樹葉與樹葉對稱。總覺得再深一點、再遠一點，就是那些死去的人重新活起來的祕密基地。畫面上近一點的地方是一條由雜草生成的天然防線，隔開了森林與草原，也隔開了明朗與幽暗的區域。梁氏祖墳旁的「后土」碑就站立在這邊界上，碑上的一顆石頭壓著黃色的金紙，金紙邊則畫著豔紅花紋。再近一點，一隻如同獅子的小石獸，胸前配戴一朵粉紅小花，對著鏡頭露齒歪頭笑著。

父親與母親攙扶著婆婆從小徑走來，這一條路婆婆每年這樣走，走了六十幾年，從和公公兩個人一起走，到現在被兒子媳婦攙扶著走，公公躺在盡頭處等她來。這幾年回去，婆婆縮小的速度讓我和哥哥驚訝，精實黝黑的長長軀幹，慢慢地像縮水的毛衣般往身體內部迅速縮短蜷曲了起來。

我和哥哥站在石階上看著婆婆，她佝僂的身子已經成為一個小小白白的肉球，而她鑲著金邊的棉襖就像繡在球上的立體押花紋路，頭上稀疏的白色毛髮宛若縫製不良、輕拉就脫落的一綹流蘇。

我和哥哥，以及那一大隊名字和長相總是連不起來的堂哥堂姊堂弟堂妹們，跟著伯伯們的指示在墳前擺好牲禮，等著婆婆從遠方走來。每年總是有幾個多出來的、從來沒看過的面孔，他們可能是旁系的旁系，或遠房的遠房不知哪裡蹦出來的孩子，其中一兩個眉清目秀，長相斯文，走在路上會不小心去跟他要電話的那種。然而既然我們都被命運召喚到這墳前，即是在宣示我與他們之間的不可能，我總為這種命運的捉弄而感到滄桑。

我和哥哥謹記著母親的教誨，不隨便啟朱唇發皓齒地談到職業本事。不過，似乎也沒人認真在乎。大伯父年近六十，這一兩年居然老來得子，意氣風發。他不時拿著手帕抹著禿亮的前額，看到哥哥就說：「唉呦，高材生，畢業後要當老師了啊。」這是一個扎實的句號或驚歎號，而非問號。事業成功老來得子的他，好像不需要知道別人在幹麼，只要別人知道他在幹麼就好了。剛離婚的三伯父就不同了，本來就愛喝酒的他，現在幾乎是抱著酒瓶過日子，當哥哥拿著影印的梁家族譜和三伯父確認資料的時候，有幾分酒醉的他眼白忽然一瞪，左手按著紙不讓人抽走：「你是哪個小王八？我認識你嗎？」

既是高材生又是王八蛋的哥哥，他雙重的身分確實是讓人困惑。不過幸好母親如今只是在極少數的時間裡不滿足地怨嘆，更多的時間，母親享受著收店以後，家裡已經有人把衣服洗好疊好的生活。

有一天母親經過他房間，忍不住問他：「阿你不是都拿那臺黑黑大大的相機，怎麼都沒有看到你拿底片去洗？你小時候的照片我都放在相簿裡面，要這樣照片才不會捲起來。」哥哥於是才想起，他那些在網路上具有高人氣點閱率的網路相簿，對母親而言卻是一個永遠無法抵達的異時代空間。

他花了好幾個夜晚不眠不休才處理完成的作品集，母親只能感受到他夜晚異於常人的怪異作息；同樣的，母親也無法理解那一臺方方正正、安安靜靜的電腦到底是用了什麼符咒，居然能吸附著兒子的靈魂。

哥哥終究還是把那些數位照片一張張地用大幅的相紙沖洗了出來，或大或小的，框裱懸掛在自己的房間裡、我的房間裡，父母親的房間裡，餐廳和客廳的牆上。父親與母親去運動時背對太陽的黑白剪影，表哥迎娶時因為緊張時額頭汨汨冒出的汗珠、我第一次下廚時蒸到發黑乾扁的魚身……那些被遺忘的細節，逐漸被放大並且充斥在舉目可見的生活當中。母親不置喙地接受這些影像，沒有稱讚也沒有斥責，只是暗示哥哥下次拍照也記得提醒她應該看鏡頭，或者等她上樓去撲一點粉，點一些胭脂。

哥哥當然知道，他只是暫時性地在母親稍微放寬的空間裡生存，等到哪一天那樣的空間被收回的時候，他仍是個大眾定義下的失敗者。

那日祭祀儀式結束，換哥哥與我攙扶著婆婆一階一階地走下山，婆婆成為當天第一個認真問他現在在做什麼的人，雖然她認真聆聽的答案可能在石階走完後又忘記。他拋開母親的教誨忍不住說：「我在替別人照相喔。」婆婆便要求：「開照相館嗎？等下替我照一張啊，燒給你公公，不然他都忘記我長怎樣。」

雨後新晴的下午，婆婆重新換了一套藕色的棉布衣，脖子綁了一條金蔥的絲巾，腳上仍套著黑色的塑膠雨鞋，從膝蓋高的門檻從房裡跨了出來。哥哥搬了一個鐵板凳，請婆婆稍微傾斜地坐著。婆婆坐在鏡頭前笑著，如一顆揉捏圓整的肉球，被藕色的花布和金蔥的絲帶包裹著。土灰色的祖厝外牆是背景，深處是無法透視的幽黑房間，裡頭盡是家族規訓。

他想把焦距再拉長一點，到達那坐落在時空之外，屬於公公與婆婆久遠而私密的記憶深處，但他的相機不夠好，他終究無法抵達那麼遠的地方。

拆開包裝之後，嶄新的川內倫子《十三年間の家族のアルバム》被攤在眼前的折疊桌上。封面照片是一片紅肉被咬得差不多，只剩下綠色脆皮的殘餘西瓜，它被擺放在晶瑩的白色瓷盤上，伴隨著幾粒不規則散落在盤裡的西瓜籽。我仔細端詳這張正方形構圖的照片，它所傳遞的訊息好像在哪裡看見過一樣。我將這本書迅速地翻閱一次，十三年間有的家人過世離開，也有新生兒加入。十三年的時光換成了一本書，而我這些離家的日子裡又換得了什麼？

後來的我遠赴日本京都進修，並逐漸習慣往返臺日兩地的移動生活。第一天夜晚到達京都時大雪紛飛，從來沒看過雪的我拿起相機，不停地按著快門。但是我並不懂得如何在黝黑的夜裡調整ISO與光圈，一直到大雪結束，才發現螢幕上街道與雪景都被黑夜的暮色所吞食了，只留下宛如被白色黴菌蔓生的點點痕跡。就在那個當下，我想到哥哥，如果他在這裡，拍出來的雪景又是怎樣的呢？

書的最後，川內倫子拍到的雪景是這樣的：她的爺爺奶奶牽著手，穿著厚重的衣服，站在飄飛的細雨之中，他們仰望著天空，並肩地等待與陪伴，彷彿雲端深處有著值得一看的景致。

當我放下書本重新抬頭看窗外的時候，飛機的窗外正巧是一片厚厚的雲朵，而我們正要穿越它了。

後記

我曾經非常著迷於研究寫小說的技術。只要能習得任何一丁點我原本不知道的技藝，我可以不計代價。比如明明非常討厭紐約時代廣場讓人眼花撩亂的廣告牆，但我還是強迫自己，走過滿街遊客和攤販，經過哈利・波特的百老匯劇場，最後走進一間外表無光的辦公室大樓。

每個星期一傍晚，我去時代廣場旁的寫作教室上小說寫作課。學生什麼背景都有，唯有我一人掛著亞洲面孔。我硬著頭皮用英文寫短篇小說，寫得亂七八糟，尤其是對話，一看就知道是外國人在說英文。但在那個班上沒有人嫌棄我的英文，大家集中精神討論情節，角色心理發展，該怎樣做可以更有故事張力，哪些地方過度囉唆，把讀者當白癡。課程持續到晚上十點，搭地鐵回家要一個小時。在深夜的地鐵裡，我的腦袋因為高速運轉而發燙，太陽穴的動脈大力跳躍著。身體即使疲累，但「想一直寫下去」的念頭卻蓬勃往外生長，幾乎要穿破我的身體，往四面八方延伸而去。

我也喜歡到處看書看影片學習各種祕訣，比如如何寫角色的人物傳記，用15 beats營造故事高低起伏，寫note cards來架構情節。我就像是一個正在習武的女俠，光會一點花拳繡腿就在江湖上亂闖，看見有人練太極，就跟著練太極；有人操著峨眉派武功，我亦跟著學峨眉。不受國界背景語言限制，我什麼都學，什麼都覺得好玩，我可以認任何人為師，但一轉眼也會背棄宗師，又往其他派別靠近。

即使我的心神常常游移，但不變的是，時時刻刻我都在想著小說。

真的，時時刻刻。

上班的時候看著學生，不由自主地幻想著學生的背景身世，到底是在怎樣家庭背景下長大的人，才會說出這樣的話，我不禁為他／她譜出了個家族史。在紐約物價飆漲，家裡的經濟支持者忽然被裁撤工作之時，我一邊拮据地度日，一邊想著這根本是難得的寫作題材。人生過得順利的時候，我編著他人的故事；過得不順的時候，自己就成了故事。

距離上一本散文集《躲貓貓》的出版，已經過了七年。這次出版的小說作品當中，〈朱文錦〉、〈失敗者的家族相簿〉年代久遠，比《躲貓貓》還老。這兩篇是我早期參加全國學生文學獎和縣市文學獎的戰果，即使風格已與現在不同，但仍記錄了我曾是個慘淡學生文青。其他小說中，有很多的作品恐怕讓讀者提出疑惑，到底，這個故事發生在臺灣還是美國？紐約還是加州？如果這些問題未得到答案，但你還是不知不覺地看完了整個故事，我想我就已經達到了我的目的。

《可憐的小東西》的出版依賴時報出版社的青睞與協助，特別感謝副總編珊珊與編輯佩錦，封面設計朱疋，行銷昱豪。亦感謝臺北教育大學陳允元教授百忙之中撰寫推薦序。並在此感謝幫忙推薦及宣傳此書的老師和文友：林俊頴、白樵、陳思宏、翁智琦、許俐葳、崔舜華、蕭熠、寺尾哲也、上官亂等。

最後感謝一路看著我寫，也看著我老的朋友和家人：承欣、馨霈、正筠，俐文和最親愛的丹哲希。從今而後，你／妳們還要繼續看著我寫，看著我老。

新人間叢書（三八四）

可憐的小東西

作　　者—劉思坊
副總編輯—羅珊珊
責任編輯—蔡佩錦
校　　對—蔡佩錦　江淑霞　劉思坊
封面設計—朱疋
內文排版—煒煒個人工作室
行銷企劃—林昱豪

總 編 輯—胡金倫
董 事 長—趙政岷
出 版 者—時報文化出版企業股份有限公司
一〇八〇一九臺北市萬華區和平西路三段二四〇號
發行專線—（〇二）二三〇六—六八四二
讀者服務專線—〇八〇〇—二三一—七〇五・（〇二）二三〇四—七一〇三
讀者服務傳真—（〇二）二三〇四—六八五八
郵撥—一九三四四七二四時報文化出版公司
信箱—10899臺北華江橋郵局第九九信箱
時報悅讀網—http://www.readingtimes.com.tw
思潮線臉書—https://www.facebook.com/trendage/
法律顧問—理律法律事務所　陳長文律師、李念祖律師
印　　刷—家佑印刷有限公司
初版一刷—二〇二三年四月二十一日
定　　價—新臺幣四二〇元
（缺頁或破損的書，請寄回更換）

時報文化出版公司成立於一九七五年，
一九九九年股票上櫃公開發行，二〇〇八年脫離中時集團非屬旺中，
以「尊重智慧與創意的文化事業」為信念。

可憐的小東西／劉思坊作. -- 初版. --
臺北市：時報文化出版企業股份有限公司, 2023.04
320面；14.8x21公分. --（新人間叢書；384）

ISBN 978-626-353-617-3（平裝）

863.57　　　　112003275

ISBN 978-626-353-617-3
Printed in Taiwan